肖恩的城堡

心理师诊疗手记

周小影/著

中国青年出版社

序 朱建军

最新奇的世界，我们总是偶遇

我是一个书斋中的学者，如果我们的大学中还能算有所谓的书斋的话。当然，我需要做学术研究。也是理所当然的，我需要研究经费。理所当然的，我希望申请一个课题资助，从而能在国家给研究者的钱中分一杯羹。但是让我非常烦恼的是，每次要申请课题，我就必须详细地填写一个表格，其中要求我详细地说明我要做的是什么研究——这也罢了，最惨的是我必须要写清楚，我的研究每一步要发现什么，在什么时间完成……

虽然我理解他们，但是我真的没有办法完成。

如果我所做的是盖一个房子，我可以有一个详尽的计划。但是，越是创新的研究，就越不可能把一切都计划好。弗莱明不可能在申请课题经费时，就计划好要发明青霉素。因为那个时候世界上并没有任何一个人知道有青霉素这个东西，更不知道它可以抗菌。弗莱明只是在为不知道什么理由去培植细菌的时候，偶然发现有些培养基中的细菌死了，找原因发现是因为某个实验员不小心把发霉的烂橘子丢在附近，由此他才意识到他发现了一种抗菌药物……

科学史上如此的实例比比皆是——如果我们在研究之前就知道，那它对我们就不是"新"的东西了，真正创新的东西，我们总是偶遇到的。

当然，我们也不完全是瞎猫偶遇死老鼠那样的偶遇，我们做研究的时候，也要大致有个方向，要到那个地方去，到那最容易有发现的地方，去找机会偶遇我们的新发现。

之所以说这些看起来和本书毫无关系的话，是因为这本书最有趣的地方，在我看来是女主人公"偶遇"一个心理学家，并且偶遇的这个心理学家带她打开了一个内心世界的门，从而让她"偶遇"了一个新奇的世界，一个埋藏在她自己心中她却没有去过的世界。

如果我们用心理咨询教科书的角度看，书中心理学家的做法是值得商榷的。他在一开始让书稿编辑使用他的心理咨询方法时，并没有和她充分说清楚为什么。这没有给对方足够的知情权。不过，这本书不是教科书而是小说，这样的开始就很有趣味，给了我们更多的悬念和想象空间。

如果我们把这个故事情节看做是一个象征，那就更有意思了。这象征着我们走入自己的内心世界的过程，像我们书中所写的那个编辑一样，是从一个无知开始的——她并不知道这个怪异的心理学家带她去的那个心理世界是什么样子。而我们其他人，虽然做心理咨询时，是知道自己要去咨询，也知道咨询师会用什么方法的，但是实质上，我们对在心理咨询中真正会看到什么，对在我们的心理世界——那个用意象构成的奇异世界——中真正能看到什么，对这些东西对我们来说意味着什么，依旧是无知的。

当然，并不是谁都敢于跟着一位心理学家去闯进内心世界的。书中前面一个编辑，就半途而废了，她没有勇气深入自己内心。看到自己内心中的东西，有时的确非常可怕。但是勇敢者做到了这一点之后，将会获得丰厚的回报，让你觉得十分值得——这本书中对此落墨不少，我就不须赘言了。当然，如果你真的想进入内心世界，你还是要有一个好的向导——找一个可靠的心理学家。

这个我们不懂的世界，用种种意象构成的心理世界，虽然看起来是如此的奇异，但是实际上却是我们心灵中最真实的存在。它比我们表面上的行为、语言和念头更真实地反映了我们的心灵状态——或者说它就是我们的心。作为意象对话心理咨询方法的创始人，多年来在心理咨询以及对心理咨询师的督导中，我看到过许许多多非常奇异的意象，和许多人一起分析过它们，并解决过许多不同的心理问题。不过可惜的是，我没有写这样一本小说。今天看到作者的这本小说，我感到非常亲切。我乐于推荐大家去看这本书，看过了它，你会大略知道意象对话的心理咨询是怎样的过程，从而会使你更有兴趣和勇气去尝试。你也会像作者所描写的一样，进入一个奇异的世界。当然，你看到的是你自己的城堡。而你，也有机会在这样的心灵旅程中，收获自知和幸福。

最初的"城堡" 了解我们的心理现实

目 录
contents

走进意象对话的世界

整理生命：
用觉察与意象对话

四

五 我要重生

六 重塑人格

一 最初的"城堡"

我,叫肖恩。女,今年三十五岁。

一年前,我绝不可能如此坦白地向你们讲述自己的故事。

现在,我仍然相信爱情。仍然相信生活的美好,和生命的勇气,仍然相信我具备了爱的能力——首先,我懂得了爱自己。

五岁那年,有一座名叫"肖恩"的结实的城堡,莫名地出现了。它伴着我成长,伴着我经历人生中所有的事情。"城堡"没有确定的地理位置,而是固结在我的潜意识中,并且容量无限大。所有那些我曾经历的不愿向别人透露的,或者我所不能承受的,我都在无意识中,将它们存了进去。

某种程度上说,"城堡"帮助我慢慢走到了今天。

但同时,它又带给我更大更多的困扰。

五岁时的一个秋夜,父母间再次爆发激烈的争吵。

从我记事起,他们除了共同沉默,就是在无休止地争吵。

那一刻坐在餐桌边的我,心惊胆战地看着他们,心中急切地幻想,下一秒能和以往一样,在激烈的交战之后又一次归于平静。

1

是的,让他们快点闭嘴吧!幼小的我,一边在无言地呐喊,一边捂住了耳朵。

但接下来发生的事情远远超出了我的预料。

愤怒的母亲,操起一把铁勺狠狠地砸向了父亲,打在他的脑门上!

血,立刻就涌了出来。父亲愣在那里。母亲也愣在那里。

过了片刻,父亲大吼一声,打开家门,像猛兽一样冲了出去。门,发出重重的咣当声,这声音忽然截断了所有的喧嚣,一切都陷入了可怕的寂静中。

周遭寂静着,似乎开始凝固了。

大气不敢出的我,瑟缩在桌角,望着眼前顶着一头乱发、脸色煞白的母亲,茫然不知所措。她僵直地站着,喘着粗气,一动不动地望着那扇紧闭的门。

不知过了多久,我悄悄起身,想躲进房间。母亲忽然扭过头来,对我大吼道:你也给我滚出去!我再不想看见你!说完,她跳了起来,抓起盛着晚餐的碟子,狠狠地向我身后的那面墙砸过来。瞬间,碎片落地,四处迸裂。有一小块碎片甚至擦过我的耳朵飞溅出去。

我傻傻地站在那里,没有哭。

我想我是惊呆了。

接下来,是接连不断的脆裂的决绝的声音,比母亲的叫骂声更可怕、更有力量。也许是因为我没有及时地"滚出去",所以母亲才会如此暴怒吧。她在那里一个接一个地扔着盘子、碗碟,不顾一切。五岁的我,哆嗦着,慢慢挪步,慢慢打开家门,无声地出去了。

身后,无辜碗碟一个接着一个发出的嚣叫声,至今使我无法忘却。

门,在身后,慢慢合上。

天,好黑。

我顺着墙根茫然地走着。

开始,我有些糊涂,因为不知道自己究竟做错了什么。满脑子都是碎碎的念头,就像那些被母亲砸得稀巴烂的碎片。

我想起天还没黑的时候,下班回来的父亲送给了我一本童话书,母亲还抱了抱我。这天,是我的生日。但是现在……想到这些,我越发糊涂,还有些害怕。是我做错了什么吗?所以他们才会吵架?所以,我才会这样被母亲责骂?

我就这样边走边"分析"自己的错误,渐渐地,心里竟然好受了些似的,有了一种"原来是这样"的感觉。既然是我的错,我会努力改正它。我这样想。暗暗下决心,以后一定要做个好孩子。

出了小街,顺着小树林,我来到街心的小公园,找了个角落坐下,缩成一团,瞪着眼睛。我盼着会有什么认识我的人路过这里,然后牵起我的手,顺理成章地,带我重新回到亮着灯的家。至少,会有人和我说说话。

等我回家的时候,父亲已经回来了,他和母亲都和和气气地坐在那里,笑眯眯地看着我,与饭桌上香喷喷的晚餐一起等着我。然后我就坐下,我们三个人一起吃饭,谁也不许说一个字。

饥肠辘辘的我,脑子里是各种各样的念头,此起彼伏,不能控制。慢慢地,它们让我感到越来越疲倦……

忽然，我的脑海中浮现出一个城堡！

这是一个奇怪的大房子。

我不知道它出现的过程，更不知道它为什么会出现。总之，它就这么自然而然地浮现在我的眼前。就仿佛一个神秘的大幕，哗地拉开，里面的城堡像真的一样清晰、真切。

这个奇异的城堡，越来越大，越来越近。

我走过去，推开门，不由自主地将心里所有的感觉不舒服的东西，包括那些许许多多让我疲倦的念头，都统统地塞了进去。

"塞进去"，似乎有个清楚的过程——我推开城堡的门，朝里丢下所有想丢下的东西，然后尽可能快地跑出来，关上城堡的大门。

然后，我又反复做了几次这样的"塞进去"。

"城堡"仿佛在对我说：既然你不愿意容纳这些不开心和不快乐，那就不要理睬好了，就让它们待在我这里，然后，你就可以当它们不存在了……

后来，五岁的我，叹了口气，站起来，拍拍身上的尘土，走向公园中心的秋千。像那些偷偷溜出家的调皮孩子一样，我紧紧抓住秋千那冰凉的铁链，坐在上面，开始前后摇晃。

秋千发着吱呀声，越荡越高，我的心情也越来越轻松。有一会儿，我竟笑出声来。

不知过了多久，母亲忽然出现了。

她仰头看着荡来荡去的我，一声不吭。我也在半空中，望着黑暗里的她。后来想了想，我决定停止游戏。

我下了秋千，乖乖地走向她。母亲望着我，冷冷道：你这个孩子，太没心没肺，就和你老子一样。我听着这句话，忽然觉得，她其实是在夸我！

于是，"没心没肺"这个奇妙的词，从此深深地印刻在我的记忆中。我把它们"写"得大大的，然后反复记诵。

那天，是我人生中很重要的一个开端。

就像你们预料的那样，在其后的岁月中，我就用这个把所有不能忍受的东西装进"城堡"的办法，处理一切困扰我的问题，并不断强化那四个字：没心没肺。

从那天起，无论把什么放进了"城堡"，都与我不再有关，都不再与我发生任何联系——我可以不再感觉它们，这样，它们对我而言，就是不存在的了。不存在的东西，怎么能影响到我呢？

这座神秘的"城堡"陪伴我整整三十年。

三十年里，每逢遇到生活中的负性事件，很自然的，我越来越频繁，也越来越习惯依赖"城堡"去处理不适情绪。以至于后来习惯到连"城堡"的存在，也感觉不到了。"放进去"这个动作，就像某个固定的机械手臂，在我潜意识中拿起，放下。拿起，放下。

直到我"如愿"地什么也感觉不到。

直到我彻底将它遗忘——它被深深地植入了我的潜意识里。虽然，其实，它一直都在。

遗忘的经过是这样的：刚开始，事件发生后，我把不好的情绪或事件放至"城堡",然后会很快忘记存放在"城堡"里的东西。后来,因为太过娴熟,我干脆连"放进"这个动作,都忘了。再后来,"城堡"消失了——我连它的存在,也忘了。

现在,回头看,似乎我要感谢这座"城堡",因为它总能在我情绪最糟糕的时候"帮助"我渡过难关。但是,诚然,三十年来,我的难关似乎越来越多,越来越难以渡过。

直到一年前,我认识了金。

金让我又看见了那座"城堡",以及"放进"这个动作。

打开"城堡"的那天,我泪流满面。

金告诉我,或许,这个世界上的每个人,都有或曾有过自己的城堡。并且,它还有着另一个名字,叫做压抑。

心理学小贴士：

给孩子贴上积极的标签

从前,有两个男孩,均是第一次将家里的物件拆坏。

一个父亲说:你真是个爱搞破坏的调皮孩子。接下来的日子里,这个父亲发现自己的孩子越来越爱"搞破坏"。而他自己也在孩子不断的"破坏事件"中,加剧使用这个判断来指责孩子。再接下来,孩子则用更多的事例来"证明"他的指责。

在这个互动中,孩子的成长获得的最大好处是:从"破坏"中获得了发泄的快感。

另一个父亲如是说:你真是个爱探索的孩子。于是这个孩子将注意力放在了"探索"上。每次实施类似行动的时候,他会不自觉想着:我在探索,这一次我又探索出了什么。

不同的父母对孩子同样的行为,贴上了不同的标签,结果显而易见。

孩子的成长过程,也是不断了解"我是谁"的过程。当孩子从成年人那里得知有关自己的评价,无论愿不愿意,都会不自觉地将该评价与模糊的自我混合起来,吸纳在潜意识中。某种程度上,在成长的过程中,暗示自己的行为符合成人所贴的标签,并强化在自我的人格塑造中。

所以,给孩子"贴标签",一定要慎重。

这些标签会成为孩子日后身份认同,也就是"我是谁"的重要来源。

　　如果父母运用智慧，使用积极的暗示和贴上积极的标签,那么会给孩子正面的身份认同。反之,效果相反。

了解我们的心理现实

讨厌的秋天

我讨厌秋天——每逢别人问我有关季节的看法,我总会毫不犹豫地这样回答。

每到秋天,我的周身上下都会弥漫着某种莫名的不舒服的感觉。这几年尤甚。

至于为什么会这样,我过去从来没有认真想过。

或许是因为人生中的一些事,都在秋天发生了。

十岁那年,父母终于从旷日持久的争斗中平静下来,离婚了。记得父亲离开家的那天,正是时值深秋。

走了一段距离的他,回头看了看我,疲惫地笑着,然后挥挥手,骑上车,头也不回地消失在了铺满落叶的街尽头。当时的我,望着他的背影,想哭,却没有哭出来。从那天起,我再没见过他。几年后,有人告诉我,他去了另一个世界。

二十岁的秋天,我向第一个男友贡献了处女之身。我当时以为，这样做的原因是我很爱他。他说，如果我不能给他带来更大的快乐，他会离开我。那时候，为了能够挽留他，我做什么都愿意。于是，我自以为勇敢地褪去衣物，颤抖着，站在他面前，既骄傲又恐惧。随后我们的恋爱又持续了一阵。但几个月后，他还是消失了。

二十五岁那年的秋天，我生下了迪迪。产后的我心情很糟糕，抑郁、敏感、易怒，什么也吃不下，自然也没有充足的奶水。迪迪饿得整夜大哭。我为自己不是个称职的母亲，而感到自责和羞愧。于是他哭，我也哭。

三十二岁的秋天，我离婚了。又是单身了。只是这次，我有了一个可以相依为命的孩子。

细想想，似乎每到秋天，我都感觉自己是被暴躁的母亲附了体，性情格外焦躁，坐卧不安——为什么反而和一个自己最恨的人相像呢？我实在想不明白。

这也让我更加痛苦。

秋天，是一切生命走向衰落的时候。

那些衰落，我无论如何也阻止不了。

那时候，一些消极的想法和概念暗示着并牵引出了我内心深处的恐惧、无助与怯懦。沉浸在负面情绪中的我，再也看不见别的什么。

其实，秋冬之后，又会迎来新的富有生机的春夏。一切会重新茂盛起来，生命得以重新绚烂。这是现在的我所明白的。

我的困境

故事就从一年前的那个秋天开始吧。

那天上午,又是秋风萧瑟,阴雨靡靡。天气昏暗得像傍晚时分一样。

我走进儿子的学校,心里满是忐忑。我知道儿子迪迪肯定又闯了祸。

那段时间,我这样频频被"叫家长"。一接到老师的电话,我就手足无措,心烦意乱,整个人就像被陷在泥泞的沼泽里,无法挣脱。

我慢慢推开老师办公室的门,果然看见儿子耷拉着脑袋,垂头丧气地缩在角落。

迪迪妈,我看你还是把迪迪领回家算了,我们实在没有能力教育他!迪迪的老师一见到我,立即高声说道。这个小刘老师不过二十出头,比我年轻许多。

我走到迪迪面前,看着他,又恼火又心疼。你又干什么坏事了? 我问道。

迪迪瞪着大眼睛,就像没有听见我说话一样。

他和同学打架,一个人打了三个!你看他厉不厉害!小刘老师厉声道。

我简直不能相信自己的耳朵——我的儿子怎么会做这样的事情呢!他是个性格温和、外向活泼的孩子。这还是第一次听说他打架,并且一个打三个!

怎么回事?我问。

他说同学冤枉他了。但你可以告诉老师啊,怎么能打架呢,还凶得不得了,三个孩子都被他打了。小刘老师说。

是啊,迪迪最近不知怎么搞的,老是犯错误,上课不认真听讲,想讲话就讲话,有时候还故意做鬼脸逗同学笑,扰乱课堂纪律!

上音乐课也不老实,老发出怪声,说了也不听!

是啊,是啊,这个孩子真是难管!

几个老师都围过来,絮絮叨叨地数落着,似乎没有停的意思。

其后她们说了什么,我再也听不见了,只看着缩成一团的儿子,想流泪。

这段时间,这孩子变成了另一个孩子。

学习成绩下降了,并且顽劣,不守规矩,这是我这一周第三次被"喊家长"了。因为什么呢?真是我的责任么?早知道这样,我会忍住,不离婚。我愿意牺牲自己可怜的自尊心。

可是,真的这样么?

如果真的牺牲了一切,什么也换不来,到时候还是会后悔吧……怎么样都没用,都没用……

我站在那里,心里有万千念头起起落落。

迪迪妈!小刘老师忽然说,听说他在原来的学校成绩和行为习惯各方面都不错,实在不行,你还是把他转回去算了。

我们母子对看了一眼,那一瞬间,看见了彼此的眼泪。我一把拽住儿子的小手往外走,头也不回,再也顾不上老师们的眼神。

打着寒噤，我和儿子出了校门。

雨，密密实实地铺展开了，把我们整个儿包裹起来，寒意一层一层地渗进了身体。没有带伞，我们只好默默地走在雨里。

妈妈，对不起。儿子忽然说。

你要争口气啊，我叹息道，摸摸儿子的小脑袋，似乎很烫，心里一惊，看了看他。儿子耷拉着头，两片小脸蛋又红又烫。

迪迪你冷么？我赶紧问。

冷。他点点头。

儿子发烧了！我竟然没有一丝觉察！我赶紧招手拦了一辆出租车，带他回家。

到家后，给迪迪量了体温。还好，温度不是很高。吃了退烧药，他躺在床上，慢慢睡着了。

望着眼前紧紧闭着眼睛沉入睡梦的儿子，我心里五味杂陈。

我并不是怕吃苦的女人。生活或者说物质上的“苦”，我都可以忍受。我一直按照自己认定的准则去生活，但是想不明白的是，自己吃些苦没什么，为什么一贯乖巧的儿子会这样“不听话”起来。真是因为父母离婚的原因？我不愿意这样想——每次想到这儿，我就会停止。无论如何，我已经离婚了，这是事实。

都怪他父亲不好。我想起文龙那张总是笑眯眯的脸，心里顿时又泛起一层恨意……

三年前的那天，我从民政局出来，文龙想请我吃午饭，我毫不犹豫地回答，不。然后头也不回地走了。当时，我已经厌恶这个男人到了极点。一刻也不想停留，再也不想多看他一眼。

之后，我换了手机号和房子，帮儿子转了学。一切的一切，就是不想再和文龙有一丝一毫的瓜葛。因为抱有这样的想法，当时抚养费也是要求文龙一次性付清的。原本文龙不太同意，一是一时拿不出钱，二是他知道我的个性，知道这样做的目的——不仅要剥离他和我之间的关系，更要剥离他和儿子之间的关系。但是他更知道，我这个恨他入骨的女人，到最后即便他拿不出一分钱，也会阻止他们父子相见。

文龙后来咬牙借了一笔钱，交给了我。

钱到账的第二天，我就当他这个人完全消失了。并且我也带着儿子在他面前消失得干干净净。

可我现在好累，因为就快连恨的力气都没了。

电话响了。是出版社张副社长。

肖恩，你今天什么时候回单位来？我上次跟你说的事情，你考虑好了没有？我可是好心提醒你，现在是关键时期，你自己可要好好考虑清楚啊。电话那头，张副社长语重心长地说。

我的眉头立即皱成一团。一种压力好大的感觉，黑压压地袭来。

单位这段时间面临改制。

改制之后，出版社的经济收入会和原来的主管单位完全脱钩。这牵涉到实际收入状况的改变，因为现有的薪酬分配将完全与市场效益挂钩。并且，最令我不安的是，听说人员安置也是急切解决的敏感的现实问题。虽然不再提"下岗"二字，但很可能被分流到其他未知单位。而离开出版社，我能去哪呢？我想也没想过。

老社长年事已高,面临退休,几乎已经不怎么到出版社坐班了。社里的一切实质工作,都由张副社长全权负责。有传言说,张副社长将在改制之后,由副转正。

前几天,张副社长找了一些同事分别谈话,其中有我。

他说的第一句话是:肖恩,你究竟怎么了?最近为什么变化这么大?

我一时哑然。

在单位,几乎众口一词地夸我热爱工作。文龙也曾经说我简直就是工作狂。刚离婚的时候,我更是十分卖力,全身心地投入在工作中。可最近不知怎么了,老是提不起精神。

望着窗外,疲累感,一层层漫卷而来,把我包裹得越来越紧,我都快要窒息了。

一定要挺下去。我对自己说。可是,语气犹疑得连自己都不信。

望着生病的儿子,我想起张副社长几天前说过的话。

他让我去"搞定"一个据说是很"麻烦"的心理学家,金。

最近几年,金的书特别好卖。但在与出版社的合作中,他似乎不太配合,听说是个既龟毛又挑剔的人。

这个人神神叨叨的,又装深沉又爱玩神秘。同事小黄这样评价金。

那阵子小黄花了很多心思与金联络,但据说每次都被他拒绝了。所以说起金,小黄就一肚子的牢骚。但我们问她其中的细节,她又总不愿多说。总之,这个金是个难伺候的人——小黄最后总是这样总结。

谁拿到他的书稿,谁就可以在杂志社的人事大变动中占尽先机——这是张副社长的原话。现在是关键时刻,肖恩,你不能让我失望。他说。

是的,在工作中,要强的我,从没有让任何人失望过,更没让自己失望过。

但是现在,我讨厌自己,讨厌这个奄奄一息的虚弱的自己。

心理学。

心理学家。

心理咨询师。

就是煞有介事地点着头,或者说些不靠谱的人生哲理,其实就是为了收钱的那些人么?我把自己的秘密告诉他们,还要付钱?

现在,这样的人频频出现在各式各样的电视节目、杂志专栏里,旁若无人地自以为是地说三道四。我经常会想,当摄像头对着他们的时候,他们说出的话里,还能有几分的真诚?

不过,这个金,倒是几乎没有公开露过面,几乎与媒体绝缘。所以反而显得神秘兮兮的。

但是,最近市面上确实很流行"心理学",连我们出版社也要赶这个时髦。

我不知道有几成把握。因为首先,我对"心理学"毫无兴趣。

怎么办呢?

妈妈,我想爸爸。迪迪忽然说。他眼睛闭着,喃喃自语。我不知道,这是不是他的梦话。

我愣住了。

他们父子确实好久没见面了。

真值得这样去做吗？

我决定去找金。我知道，如果我不去，张副社长迟早也会派别人去。

试一下也好。因为我别无选择。

虽然事先联系过，但我的心里还是非常忐忑。万一也被他拒绝，该怎么办呢？

路上，我不断地想象着各种糟糕的尴尬画面——就好像我总是会为一些还没有发生的也不知道会不会发生的事情而烦恼，凡事总克制不住地往坏处想。

非常出乎我的预料的是，金的家，离我家非常近，竟然在同一个小区里！

我本来以为他这样的"神秘人士"，应该住在某个偏僻的山村，或者干脆是在一片人迹罕至的郊外某树林里，再或者，是曲里拐弯得反正是让常人感觉匪夷所思的地方。但是没想到，他就住在离我不远的地方！

这让我不由地幻想，我们会不会曾经见过——说不定，某天，我们同时出现在小区的花园里，相互打过招呼？嘿，你好！我幻想有过这样一个画面。如果真的是这样就好了……

可是，这个画面一出现，就立即被我推翻了。我想起来，自己是个极不爱和别人打招呼的人。对面的微笑让我感到紧张。即使是遇到再熟悉的人，我的习惯也是能躲就躲，能不打招呼，就不打招呼。我一直以来的宗旨是,绝不做第一个微笑的人。

所以,路遇金的可能,几乎为零。

一路不禁胡思乱想。

叩响了金的房门。

很快,一张微笑着的男人的脸出现在眼前。你叫肖恩,是么?他说。

是的,你好,金老师!我一下子害羞起来。因为眼前这个人的双眸如此明亮,一时间,我竟很难判断他的年龄。

别叫老师,直呼金就好了。他说。

金的家,很大。

其实更恰当地说,应该是很空,所以显得很大。

他引我进了一个房间,里面几乎什么也没有,只在地上放了几个垫子。看来,我们要坐在地上交谈了。可我今天却偏偏穿着裙子。早知道这样,就换一身衣服来了。这果然是个让人"纠结"的地方。

欢迎你来这里,金拿起一个垫子,自己倒轻松地一屁股坐下来。

我只好也扭捏着,在一块垫子上屈腿坐下,提醒自己尽量保持淑女状。

金像变戏法一样,递过一杯茶水来。

记得你的同事小黄,也来过我这儿,金说,她向你介绍过情况了么?

没有。我连连摇头。

小黄除了说一些金的坏话,什么细节也不愿意告诉我。这就是让我感到紧张的最重要的原因。

哦。金的脸上浮现一丝笑意。可在我看来,那似乎是一丝坏笑。

是这样的,我首先要承认,自己并不勤奋,写作水平也不是很强,金挠着头说,但我有一个可能别人没有的怪癖——所有编辑我的书稿的人,都必须要加入我的课程,大致是六个月左右,也许更长,也许更短,总之是每周一次。你要是愿意,我随时欢迎。如果不能完成课程,书稿就不能给你。金慢条斯理地说。

啊?怎么会这样!这是什么毛病!我瞪大了眼睛,强忍着没有把这句话说出来。

至于这么玄乎么!果然很烦人!我强忍着拔腿就走的冲动,吞吞吐吐地回答,我好像不是很有时间,事实上,我每天忙得要命,再说也不知道是什么课程,我的程度能不能跟得上,等等……

哦,知道了,那就不耽误你的时间了。金慢悠悠站起来,脸上还挂着那该死的微笑。

但是,我可以先看一下课程表么?我有些慌神。

就这样匆匆结束?回到单位,还不给同事们笑话死。我又有些不甘心。

哦,抱歉,我没有课程表。金笑着摊摊手。对了,如果你能来上课,我希望你能自己付钱,而不用转嫁给单位。上一节课收一次钱。金递给我一张彩色卡片。上面竟然明确无误地写着价钱!价格还不菲!

每周六晚上……可是,不瞒你说,我一个人带着孩子,实在有些……我有些结巴。

嗯,没关系的,我说过并不勉强。他倒是镇定万分。

我的脸腾地红了。事实上,此时,我正把儿子独自丢在家里。

考虑一下,可以么? 我说。

可以,肖恩,无论怎样,只要是你自己的选择,我都接受。金的声音听上去,轻松又坚定。

是学习心理学的东西么? 我问。

正是。说不定,你会有意想不到的收获。比如可以改善你糟糕的睡眠。金俏皮地指指我。

哦?我不禁摸摸自己的脸,有些尴尬。这几年我的睡眠的确越来越糟。特别最近每晚,睡得很浅,总是容易惊醒。但是,他怎么会知道的? 难道我的气色看上去不大好?

回到家,拿出那张彩色卡片,我左思右想。为了书稿,不仅付出时间还要付出金钱,这是为什么呢,万一吃力不讨好又该怎么办呢?

可是,不知为什么,想起刚才的一幕,特别是回想起这个男人的微笑,我竟然有些心跳加速,总觉得有些东西隐隐藏在后面,等着我……

迪迪,妈妈周六晚上有一两个小时不在家,可以么?

当然可以,你忙你的。写作业的儿子头也不抬地说。

心里有些失望。原本,我想听儿子说,不可以,妈妈你不要去。

心理小贴士：

咨访关系——陪伴并共同成长

从前有一天，一位小巴司机驾驶着小巴，来到一位长者面前。

小巴司机说：欢迎你乘坐我的小巴。

长者回答：谢谢你允许我搭乘。我并没有目的地，坐在这里，只是为了陪伴你。你和我以及这辆小巴，驶去何地，由你决定。

于是，二人的旅程开始了。

这趟旅程的行进过程中，司机与长者在小巴这个封闭的私人空间里，很努力地彼此了解着，用最恰当的方式和对方能听明白的词语，认真地沟通着。一路上，他们看车外的风景，谈论过去的人生，思考眼下正发生什么，又怎么会发生的。

司机是来访者。老者就是心理咨询师。

小巴，则是来访者与心理咨询师共同营造的严格遵循保密原则的咨访世界。

来访者与心理咨询师的关系其实就是这样——互为旅伴，共同成长。

来访者遇到自己信任的心理咨询师，将内心世界敞开来，引其进入。而心理咨询师用真诚、尊重、热情、善意，倾听来访者的心声；用相应的技术，帮他解决心理问题；为他提供新的看待世界与自己的可能性。

没有哪一位心理咨询师能肯定自己可以帮助每一位来访者。

但有一点可以肯定:他会愿意做一个最好的旅伴,在来访者的人生旅途中,有那么一小段时光,陪伴他共同度过。

但这一切的前提是,来访者要自己开着小巴找到心理咨询师,自己打开小巴的车门,引其进入。自己对心理咨询师说:这一趟生命旅程,我可能需要你的陪伴。

只有当你内心真的充满求助愿望,充满对自我成长的渴求,心理咨询师所做的一切,才能真正对你有意义。

学会恰当地放松

你准备好了么？金研判似的看着我。

我点点头，其实心里一片茫然——根本不知道需要准备什么，反正点头总归没错吧。

不会是做好了随时拔腿就走的"准备"吧？金扑哧笑了起来。

我的脸红了。这个人说话的方式，真的好直接啊。

"教室"里只有我一个人，难道只有我一个学生么？我看看表，明明时间已经到了。

对，今晚就你一个人，没别人。金说。就像他会读心术，一下就猜出了我的想法。也许以后你会遇见其他人，也许遇不见，都没有关系。你只要全心地做好你自己的那部分，就可以。

我懵懵懂懂点点头。不知为什么，看着金的眼睛，忽然觉得周遭安定下来。

我们的第一课是：找房子。

找房子？什么意思？我原本以为金要开始说什么禅悟或者哲学之类的东西。

我望着金，揣测着他下面要说什么。

也许你觉得这个问题很奇怪。没有关系。每个人找寻的答案，都因人而异。

今天，我们首先要暂时放弃我们的理性，不用做意识层面的思考，只要跟着我即将说出的话坦然地展开联想，就可以了。

我有些糊涂了——理性、意识、联想,这些词听上去那么的陌生……

现在,让我们闭上眼睛。金的声音和缓下来。

好吧。我闭上了眼睛。既然来了,体验一下,也许不是坏事。

现在,请你深吸一口气,再慢慢呼出。吸气,呼气。再吸气,再呼气……很好。

请你始终关注自己的呼吸。

嗯。我从没有这样深长地呼吸过。关注呼吸?好吧,我正努力尝试。

开始,我的脑海中忍不住会有杂念,不断地浮现。

但随着呼吸的推进,随着我开始关注自己呼吸的变化,关注这最平常的一呼一吸,关注一呼一吸的频率与深度,渐渐地,我体会到了一种奇异的宁静——我,在宁静地呼吸着……

我的心,渐渐平静,放松,并且,越来越平静,放松。

那种感觉,就像慢慢松开了原本紧张的手,也慢慢地松开了,某些曾经百般不愿放开的东西……

慢慢地松开……

现在,从头部放松你的身体。放松你的额头,舒展你的双眉,放松你的脸颊。

很好。放松你的嘴唇,放松你咬合的牙齿。

当我说到哪里,就请你感觉哪里……

放松你的双肩,感觉它们是否放松。放松你的双臂,你的胸,和你的腹部。

放松你的背部,腰部。放松你的大腿,你的双膝。很好。

每个人,都有自己放松的节奏,或快或慢,都没有关系,按照你自己的节奏,彻底地放松下来吧。

金的声音越来越低沉,就像在呓语。

我随着他的叙述,慢慢步入某种陌生的舒适的状态中……

放松你的小腿,放松你的双脚。让身体完全地放松。

现在,你的身体已经完全地放松了。并且,你的身体完全沉向了地面。你和大地,即将融为一体……

哦,随着躯体的放松,我的心越来越宁静。事实上,我心里已经很久没有充盈过这样宁静的感觉了……

心理小贴士：

学会放松术

对一般人而言,觉察内心世界,无疑比较困难。所以可以从觉察自己的呼吸和身体开始入手。尤其对社会关系紧张、竞争压力大的现代人而言,学习简便易行的放松术,既练习了觉察,又安定了心神。

放松术可以降低交感神经的冲动,平稳情绪,帮助睡眠。掌握它,不需要高深的理论,也不需要任何禅定或冥想的训练,更不需要特别的设备支持。

每天,为自己抽出一点时间,置身于习惯了的安静的环境里,或坐或躺,不握拳,不皱眉。如果愿意,播放一些柔缓的轻音乐。

首先,关注自己最平常的呼吸。这是学习放松术的切入点。当人开始关注某件事的时候,自然会神智集中。

尔后,觉察自己的面部。在放松训练的初期,一定要时刻保持面部的全然放松。

在放松术的过程中,杂念不可避免地会有,随时会出现,也随时会消失。如果在放松中有了杂念,不要急着驱赶它,想象它是天空中连绵的云,一片一片,安然飘过。同时,渐渐你也会明白,云朵无论怎样都阻挡不了湛蓝的天空。

总之,放松术的要点是:放缓呼吸,体察来自内心的那份安逸、随性。

寻找属于你的心房

下面,放松你的思维,和我一起展开自由联想吧。金的声音犹如天籁。

首先,想象着,你走出了这个房门,慢慢下了楼梯,走出了这栋楼。

你有你自己的节奏。按照你自己的节奏,慢慢走。

你走着走着,忽然看见了一条不曾见过的小路。

它可能是任何样子,也许是你从前见过的,也许是你从来没见过的。都没有关系。

现在,这条小路,属于你。你走过去,漫步在这条小路上……渐渐地,在这条路的不远处,你看见了一栋房子。它可能是任何模样的房子。

它现在,属于你。你看见了么?

如果你看见了,就请轻轻地点一点头。

想象中,我出了门,下了楼,来到了小区公园里,站在那里,四下张望。

我该去哪里呢?会有一条从没见过的属于我的路么?有么?我"环顾"着这个我熟悉的地方。

哦,好像,是的,一条路真的出现了,但奇怪的是,这不是"小路",这是一条好长好长的公路,四周苍茫得没有任何景物,光秃秃一片……

我刚试图走在这条路上，但很快，下起雾来，一层白茫茫的轻雾，在我的前方弥散开……

渐渐地，雾越来越大，越来越重，越来越厚……这是南，或北？哪里有一栋属于我自己的房子？我在哪？它在哪？

我恐慌起来，雾把我紧紧地包裹住了，最后就连路，也在眼前一点点地消失了。现在，只有漫无天际的茫茫大雾，密不透风……

那一瞬间，我害怕极了，猛地睁开了眼睛。

我对金摇着头。什么也看不见，我什么也看不见了！

嗯，没有关系。只要描述你刚才的感觉，就可以了。

一条很长的公路，两边没有任何风景。我刚走在这条公路上，可是忽然出现了很大的雾，雾很厚，并且越来越厚，挡住了所有的一切。直到我的眼前只有雾了。

现在，请你关注自己——置身在雾里，这让你有什么感觉？

我重新闭上眼睛，有些不情愿，又有些不由自主，努力让自己回到刚才的画面中，并细细体会。这雾，白得压抑，厚得令我窒息。

哦，我很紧张，有些不知所措，不知何去何从，没有任何方向。还有，我觉得自己很孤单。说到这儿，我竟有些难过起来。

肖恩，谢谢你告诉我这些，如果我说在路的某侧，一个很远的地方，一个你看不见的地方，有一栋房子矗立在那里，你猜猜，它会是什么模样的？

金的话给了我稍许安慰。我试着猜想这栋房子。

哦，那也许是一座城堡。

肖恩,你能试着猜一猜这座城堡的外形会有怎样的特征么?

试着猜一猜?我有些犹豫。

是的,听凭你自己的感觉——你感觉它是什么样的,就行。

好吧……我感觉它应该是哥特式的,有很尖很高的屋顶。铁质的大门,应该很旧很重的样子,并且锈迹斑斑。

有窗户么?

有,但是似乎很小,有两扇,像人的脑袋那么大,并且很高,外面的人因此看不见里面的情形。

外墙呢,感觉厚么?

厚,很厚,一块块墙砖看上去又大又结实。

如果,现在你就站在这座城堡前面,你想进去么?

不太想。

我摇头,不知道为什么,他的话,忽然让我心里泛起了一丝不安。

好的。如果你愿意,就先绕着房子试着走一圈,好么?试试是不是会出现新的感觉。

哦,好的。想象中,我围着这座神秘城堡,慢慢地走。

突然,在城堡背面的墙上,我看见几个字——天呐,那上面竟然写着:肖恩的城堡!

我差点儿叫了出来!

恭喜你,肖恩,终于找到了属于你的房子。天空中忽然传来金的声音。

这不是真的!我猛然睁开眼睛,瞪着他。

但金的脸像一面平静的湖，波澜不惊，只是眼神里涌动着某种力量。

对，这不是真的，但又是真的。他的声音柔缓、清晰。这是你看到的潜意识中的意象。是的，我们来到了你的潜意识。虽然因为一些阻碍，没有进入太深。但是，我还是要谢谢你，谢谢你对我的信任，在第一节课，你就找到了自己的房子。

潜意识中的意象？就是眼前这座房子？它有什么特别的意思呢？

心房。它意味着你的心房。金回答。

心房？

每个人都有自己的心房，承载着关于我们自身的诸多信息。金说。它可以是任何的模样，反映着我们目前的心理状况。随着我们内心的变化，它也会变化。

我忽地坐直了身体，有种内心被洞悉的不安，问道，那我的"城堡"反映了什么状况？

压抑。金说得很直接，尔后又故作轻松地对我眨了眨眼。

浓重的挫败感忽然袭来，同时无名火也"腾"地在我心里升了起来。

我挺直了背，望着对面的金。为什么他要让我做这些？这和他的书稿有什么关系——我来到这里的目的，原本是为了书稿，但现在的这一切，比如关于我压抑与否，与他又有什么关系？！难不成想拿我做什么心理实验？最让我生气的是，我为什么要在一个陌生人面前暴露自己的"心理状况"呢！

也许你想问我,为什么要你参加这个课程,对么?金喝着茶,又是笑眯眯的样子。

好吧,我心里的念头又一次被他觉察——也许根本不难觉察,因为我满面恼怒。

请允许我现在不着急说明这个问题,总有一天,你会知道答案的。他不紧不慢地说。

只要我上完像这样有关"幻想"的课程,就可以明白了么?我快速反问。

也许可以,也许不可以。金一脸淡然。这完全取决于你,与我无关。

什么意思?他的淡然,更加剧了我的抵触。

一切都取决于你的领悟力、勇气、意志力,还有坚忍不拔的决心,以及一些微妙的难以琢磨的小小的运气。不管怎样,我想,上课总没有坏处。金一咧嘴,又是一个坏笑。我提醒你,暂时忘掉我的书稿,可能会更早地接近你需要的答案。他补充说。

好吧,下周六我一定会再来。我腾地站起来,气呼呼地说。

刹那间,我有点豁出去的感觉。一切都不重要了,我只想向他证明我自己——这个念头忽然让我自己都有些吃惊——我想证明什么?

那好,下周见。金笑着微微点头。

你能告诉我,那个城堡里面有什么?我还是忍不住问。

我也不知道,如果你愿意,下节课我们就会对这个问题有详细的了解。不过我猜,也许这几天你自己也会思考这个问题。金对我摊摊手。

心理小贴士：

自由联想与心房意象

看起来,上面的一段话像是在胡言乱语。

但是根据心理动力学理论来看, 所有自由联想出来的意象,都具有特殊意义。当然包括我们的梦。

自由联想的秘诀在于,只需要耐心跟着感觉走,不对自己做任何束缚和要求。

而上述心房意象的特殊意义,是象征我们的心灵,反映着我们当下的心理状态和部分性格。

你可以在自我充分放松后,根据上述展开意象的过程,任意地自由联想,看看自己的心房究竟是怎样的。

一般来说,房子的面积、明亮程度、开放状态、颜色、质地、进去的难度等等,都在昭示你内在的心理特点。

但如果在这个过程中,出现了令你害怕的东西,就请停止,不要做下去。寻找有经验的意象对话师,引导并帮助你。

总而言之,心房意象是一个可以常做的意象。探究它的过程,也就是了解自己当下内心世界的过程。

重新探究潜意识

正如金所预言。

一连好几天,城堡总是不经意就浮现在我的眼前。想着想着,我越细细琢磨,那个出现"肖恩的城堡"的几个大字的画面,就会出现眼前。它们栩栩如生,就跟我真见着了似的。真是活见鬼。

那天在编辑部,我正坐在办公桌前发呆,小黄走进来,不由分说神秘兮兮地把我拉到楼梯拐角处。

听说,你去找金了,是么?怎么样,他不会也让你上课了吧?她问。

看来金对我和对她的"招数"都是一样的。既然这样,我也没什么好隐瞒的。

是啊,周六上了第一节课。我回答。

是么!你真的去上课了啊!让你看什么了?是房子么?那你的房子是什么样的?小黄一连串的问句,表情里有几分古怪的急迫。

我忽然不想回答了,反问她,看样子你也"看房子"了,那你的房子又是什么样的呢?

很普通,没什么特别的。她连连挥着手,一副无关紧要的样子。

啊,我什么也没看到。我说。

天知道我为什么要撒谎,可能是因为小黄的态度让我忽然感觉不对劲。究竟哪里不对劲,也说不清。我们同时沉默下来,尴尬地站了一会儿,她朝我撇撇嘴,扭头走了。

看着她的背影,我忽然明白了,她肯定也见着了自己的房子——和我的一样么?一个"小黄的城堡"?又或者,是别的式样?

我扭身伏在窗框上,向下张望着,不由地又陷入沉思。

楼下有一条热闹的马路,车水马龙,人来人往——这就是我此刻身处的现实吧。

我想起金的话——每个人都有自己的"房子"。每个人都有?如果有,眼前这些正在现实中穿行的一个个陌生人的"房子",又会是怎样的呢?

心房。每个人的心房都不甚相同。

忽然,我感觉满大街都不是人,是各种各样活动的房子!有城堡、楼房、木屋,甚至茅草屋……

你喜欢什么样的房子?我回到办公室,问一个同事。

最好离出版社和孩子的学校都比较近,价钱也不要贵得离谱,在我退休之前能还完贷款,不贪多,三居室就可以。说到房子,这位同事开始滔滔不绝。

哦。我哑然,原来在现实中的房子,和金所说的心房,根本不是一回事。

比如那个"城堡",我一点也不喜欢,一想到它,就会有一种莫名其妙的紧张感。可是,奇怪的是,为什么会有"城堡"这几个字呢?回想那天,金也没有对我说什么暗示性的语言,我就是那么自然地看到了它。

真是怪事。

"刚才,我们来到了你的潜意识。"金的这句话,突然在我的耳边响起。

潜意识?也就是说,所有的"心房"都存在于我们的潜意识中?

但是,我真的进入了自己的潜意识?这么容易么?

记得潜意识这个词,上大学那会儿特别流行,当时人们谈论什么都夹杂着"潜意识、集体无意识、精神分析"之类的名词,特别是我们这些中文系的学生。好像谁不会说点这些名词,就落伍了似的。可是,我们真的懂它们么?真的明白它们的真正内涵与意义,以及它们与现实生活之间的关系么?

我不由地茫然起来。

晚上回家后,我果真在书橱里翻找出了几本有关心理学的书。回想起来,它们从学生时代就出现在我的书柜里了。但同时也被我遗忘很久了。

有些书里有不少关于潜意识的阐释,但都过于学术化、生硬、刻板,总觉得和金说的那个潜意识有差别。

书本上论述的潜意识,是用理性的语言抽象地描述的。但金说的潜意识,也就是我在想象中见到的公路、雾、城堡等等,却似乎是一个生动的世界,它不是抽象的,而是具体存在的,是可以感觉的。当时在金的引领下,那个世界似乎触手可及。我进入其中,看见了那个明明不是真的但却似真的"城堡"。一切,身临其境。

书看得越多,疑问越多。

我忽然想去找金,想问个究竟。转而又恍惚觉得,在这一刻,我似乎真的忘记了书稿的存在,我是为了自己,才开始这个课程。这让我有种久违的充实感。天,我已经好久没有像这样了,一吃过饭就坐在书桌旁,写写画画,想一些"形而上"的问题。

过去几年的每个晚上,我都是在电视机前度过,拿着遥控器,从这个台撅到那个台。直到深夜,直到睡意来临。"行尸走肉",这几个字忽然跳出来。是,那就是我一直以来的状态。我忽然内心一阵羞惭。

奇怪的是,这几天我的疲累感也似乎减轻了。也许是因为"城堡"事件吸引了我。又也许,是别的我还不知道的原因。

晚上临睡前,我忽然感觉自己在悄悄期待着下一个周六的到来。

心理小贴士：

成长需要勇气

当我们鼓起勇气，第一次坐在心理咨询师面前，一定会忐忑不安、疑虑重重。

将自己内心深处最隐秘的部分，说给眼前这个完全陌生的人，可以么？哪怕他面容亲切，神态平和，但终究是个陌生人。

作为心理咨询师的我，要说的是：谢谢你的到来，你的想法和顾虑，我理解并全盘接受。

你能坐在我面前，就说明已经决定踏上了自我成长之路，并且你选择了我来陪伴你，我没有理由不对你说一句：谢谢！

当然，自我改变不会那么容易，否则，你怎么会来找我。此时此刻，你心里的所有困惑都是再正常不过。

首先，每个人都有自我防御机制。那是当你感到焦虑、危险或不愉快时，用来唤醒自我警惕的机制，它会驱使你用一定的方式，调整内心的欲望与现实之间的矛盾。

其次，自我成长意味着自我改变和修正。这种心理上的改变或修正，不是换发型、服装、口味那么简单，它牵扯到很多年来你已经养成的各种思考习惯、看问题的方式、内心的好恶等等，甚至人生观、价值观。

这个过程，当然会让你感觉不适，甚至痛苦。

最后，我要提醒感觉到了自我改变之苦的你，悄悄问一下自己:面对心理咨询师,你是不是有些阻抗或逃避?会用各种借口不想再面对心理咨询师——就像不愿意照镜子,不想看见那个真实的苍白无力的自己。

是的,心理咨询不仅需要求助者发自内心的求助动力,更需要面对自我改变带来的各种不适时,内心的意志和勇气。

但是,亲爱的朋友,不要着急,让我们慢慢来,对自己保留一份耐心,梳理过去、调整当下、展望未来。

既然我们已经面对面坐在一起,那么改变,就已经开始了。

感觉潜意识

有什么要问的么？第二节课，刚坐下来，金就问我。

嗯，我点点头。

我想知道上次闭上眼睛"见到"的景象，究竟是被你暗示后产生的幻觉，还是我潜意识里的一部分？如果是后者，那么潜意识的世界究竟是什么样子的？

很好，看来你比我认为的要勤奋啊。金又是一个坏笑。准确地说，那天你看到的是自己当下潜意识中的某个状态，它反映了你潜意识世界中的一些信息，或者是过去某些没有解决的情结。

潜意识的信息和没解决的情结？

肖恩，我来向你解释。

所谓的"金字塔"理论，你应该知道吧？金用双手做出一个三角形。

三角形上面的一小部分是我们的意识层面。他比划着。也就是我们可以随时感知的层面。比如我们对现实事物的掌握或判断，等等。意识层面对我们而言，无疑是清晰的，是可以归纳整理的。

在这个层面，我们用来认知的工具就是：理性，或者说，我们自己认为的我们的理性——我们应该怎样，或不应该怎样，我们用理性掌握着我们认为应该掌握的一切。

比如，金停了停，说，肖恩，你认为自己应该参加这个课程，因为你知道,只有参加这个课程,才可以拿到书稿。而拿到我的书稿,对个人你来说很重要。这就是你意识层面的活动,一个在你心里很明晰的活动。对么?金睁着大眼睛看着我。

我尴尬地愣在那里。

这个人说话总是这样"直达本质"。当然,他说的是对的。这些的确是我的真实想法。

但是在参加课程的过程中,你同时体会到了一些不快的情绪,甚至是被冒犯感。现在,你能清楚地了解它们为什么产生的吗?你能找到这些让你感觉不适的情绪背后,是什么在起作用吗?

比如说,是我这些话语让你不快,还是你自身具有的一些性格特点让你不快的呢?你能清晰而明白地告诉我吗?

金慢悠悠地说着,依旧对我瞪着大眼睛。

我有些糊涂了。

是的,表面看,一切令我不舒服的感觉都是源于我认为他很"讨厌",只觉着这个课程很多余很复杂,但不知道为什么——我压根也没想过。

我低下头,试图理出个头绪来,但一时间很难理清楚。

难不成,我的不快不仅是因为他,还有我自己的原因?

肖恩,听我说,也许——我说的是也许,因为我不知道,你能体悟到哪一个程度:

也许,主导我们行为和情绪的,不仅仅是我们的理性,不仅仅是金字塔上面极其有限的意识层面,而是金字塔下面的那个庞大的部分,也就是我们的潜意识。一个很难为人感知的丰富世界。

老实说,平常我们很难觉察自己的潜意识。如果把意识层面叫做"现象",那么潜意识就叫"本质"。它就是构成我们"现象"世界的本质。

相比意识,潜意识具有更大的丰富性、创造性、生命力。和我们可以感知的意识活动不同的是,潜意识总是处在不为人知的自然流动状态——在我们不知不觉的时候,潜意识储存了有关我们整个现实世界的无限大的能量和信息,或者说,储存了各种庞杂的记忆符号。

那也就是说,我潜意识里储存的记忆,远比现在的我可以回想起来的"记忆",要多得多?

那当然,我们用来组织归纳的记忆,只是属于意识层面的。

而潜意识里记忆的形成过程,神不知,鬼不觉。有些事情你以为你没看见、没听见,但你的潜意识统统看见了和听见了,然后把它们收藏在一个你所意识不到的地方。

所以说,潜意识比意识具有更强的包容性。

但它同时是个不分好坏的家伙,不管我们的意识层面需要或不需要,能不能承受,它每时每刻都在事无巨细地做着储存工作,所有有用或者暂时没用但不知何时就能派上用场的信息,都会被它收纳进去。

甚至,从我们人类生命个体胚胎形成初期,潜意识就开始构建与别人不同的独特的个人心理世界。

它比你知道的要强大得多。金说。

有一些信息,在我们出生之前,就在我们的潜意识中打上了烙印。比如对死亡的恐惧,对别离的忧伤,对青山绿水的喜爱,对坚贞爱情的向往,等等。这些是全人类共有的感觉信息,存在了成千上万年,代代相传,生生不息。生不带来,死不带去。对于生存在这个世界的每个人而言,这些共同的感觉信息异常公平,因为几乎我们每个人的潜意识中都有它们的存在。

这是不是荣格说的集体潜意识?

对,正是。也许现实世界中我们和其他种族言语不通,但不同种族的集体潜意识彼此互通。就像男人天生有成为英雄的渴望,女人天生就有对爱情的渴望。都是如此。

比如,肖恩,如果在你的面前站着一头狮子,你会感觉到什么?

兽中之王。我回答,也有些迟疑——不知这个答案是不是金所需要的。

肖恩,用你的感觉去描述,不要用概念归纳它。金道。

用感觉去描述?我有些不解。

是的,让我启发你:试着不要使用你认为的思考器官——大脑。不要用大脑去组织任何你认为的准确词汇,也就是放弃对狮子的"理性"描述。你说出的话,只是要传达一种感觉——站在你面前的这头狮子,它带给你什么样的情绪体验。

当然,这对于受过文明教育的现代人的我们而言,有些困难。

放弃语言,只需要去感觉。你说出的词汇,不是为了表现你的理性或思想,而是为了传达你内心的情绪体验。金说。

你可以看着它，试着感觉自己与它之间可能会有的情绪联结。

难道还会有不需要理性的体验方式么？我很费解。

是的，请你首先放弃思考，只去感觉。

现在，让我引导你。

静下心来，想象自己身处某个草原，正前方有一头雄狮，只是，它不会对你有任何的伤害，你们相互对视着。你看着它，渐渐感觉到了些什么，是某种情绪在你心里慢慢泛起。那么，是什么样的情绪呢？

好吧。

我闭上眼睛。放弃词汇，放弃理性，只是去感觉。

只是去感觉。在想象中，细细感觉……

荣格的集体潜意识

一种不可计数的千百年来人类祖先的经验，一种每一世纪仅仅增加极小极少变化和差异的史前社会生活经验的回声——这段读来拗口的话，是荣格用来阐述集体潜意识理论的原话。

荣格还说：它是从任何一种有关于个人的东西中分离出来的，是全人类普遍具有的，因此它的内容到处都能找到。

通俗地说，集体潜意识反映了人类在历史演化进程中的集体经验。它体现着全人类都有的，或一直都有的共同经验。

并且对于任何种族，集体潜意识的内容在本质上都是相通的。

集体潜意识，深藏在人格结构最底层的潜意识中。世世代代的活动方式、感觉、经验，储存在了人脑中，经由遗传反复重现。

荣格曾用小岛做了个形象的比喻：

露出水面的那些小岛，是人能感知到的意识。

潮来潮去，显露出来的水面下的地面部分，是个人潜意识。

而岛的最底层，是作为基地的海床，则是我们人类共同的集体潜意识。

信任自己的感觉

非洲草原,一望无际。

我的前方,有一头狮子……

想象中,不仅有狮子,在它的身后还出现了一轮太阳!狮子沐浴在光辉中,它望着我,轻轻甩动头部和尾巴……一切都那么真实、自然。不知为什么,看着它,我竟有些感动……觉得和它有些似曾相识,仿佛在哪里见过,或者,它属于我……

真是奇怪的感觉……我走过去,轻轻抚摸它,而它,竟温顺地趴在了我的脚下!

肖恩,你感觉到了什么?

霸气,骄傲,威风凛凛……温柔,光芒,神圣……家族,力量,尊严……

我轻抚狮毛,像梦呓一样,吐露着这些词语……

哦,太好了。恭喜你进入了感觉世界!说说你是怎么做到的?金连声赞赏。

我睁开眼睛。有点不太相信,好像也不是很难,甚至,这个过程显得太容易了!

我放弃了语言,尽量不想着怎么去阐述或解释这个状态,我只是看着它,渐渐地,越来越身临其境,只是看着它,然后,那些感觉就慢慢地出现了。也就是说,静静地看着这头狮子,我的心里就有种悄然涌动的感觉,然后有了那些"莫名其妙"冒出来的词。

嗯,很好,肖恩,你的领悟力非常好!其实,这不仅仅是你的情绪体验,也是所有民族对狮子的情绪体验,对么?

是的,原来集体潜意识是跨文化和种族的,是永久的,人类共通的。不需要概念或定义,因为我们对某些特定事物的感觉是一样的。我有些茅塞顿开。当然毋庸置疑,无论说什么样语言的人,在现实中看到狮子的第一个反应大概都会吓得掉头就跑——人类的感觉,和使用何种语言无关。

与自己的潜意识沟通,就像开启了另一种沟通系统。

不需要理性的语言,只需要去感觉。全身心地去感觉。

就好比在遥远的过去,我们的祖先,原始人,他们不会有太多的形容词,或者任何一种形而上的思想或概念,但描述起事物来,比我们这些文明人可能更生动、本质、准确。因为他们运用的语言系统与我们不同,那是一种象征性的语言系统,特点就是将对外在事物的感受与内在心理体验紧密地联系起来。

哦,就像我们的原著民歌,有点直抒胸臆的意思吧?

是的,可能民间没有受到太多理性哲思的影响,更忠实于自己的情感,不掩饰自己的内心世界。

对,好像就是这样。

金接着说。作为被驯化的文明人,这不是一朝一夕的事情。我们需要反复训练才能寻回那种原始的表达系统。在我的课程里,你要做的就像那些原始人一样,忠于自己的内心,用感觉描述自己的潜意识。而不是理性。理性对进入潜意识而言,毫无用处。

那我们这样做的目的是什么呢?

接近内心。既然我们的潜意识是非理性的,那么好吧,我们需要学会使用一种"非理性工具"来开启与潜意识的对话,因为了解了自己的潜意识,就了解了我们的内心世界。

我点点头,明白了金的意思。

想到身边有很多以理性自居的人,包括自己,我不禁暗暗揣测,是不是越貌似追求理性的人,离自己的内心世界越遥远、越陌生呢?

我点点头,不禁有些欣喜,就像眼前有一扇门被轻轻推开,尽管只露出了一丝光亮,但我已经能感知到这扇门的后面,一定会是个奇妙的世界——这个课程比我以为的要有趣。

心理小贴士：

与自己的感觉同在

　　哲学数理学家帕斯卡尔说过:心灵的活动,有其自身的原因,而理性却无法知晓。

　　有些人只信任理性,恐惧感性。

　　他们认为面对世上一切事物,都该冷静地理性地面对,全然忽略或否定在面对事件的同时,事件本身带给自己的各种复杂的心理变化和情绪。这其实是另一种形式的防御。

　　结果是,这些人将自己化身为了机器或者某种理论的传声筒,忽略了本质上自己其实是人,是有血有肉的人。

　　有句话说得好:我们行走在世界上,一手握着理性,一手握着感性,屁股上坐着悟性。三者缺一不可。

　　一个人只有理性,而没有感性,这可能么?恰恰是走到了理性的反面。

　　在合适的时候,选择合适的工具。

　　应对现实,我们当然需要用理性来组织语言、厘清事实、辨析结论、阐明道理、找出对策。它属于意识层面。

　　在广袤而灵动的潜意识世界,是不可以用非黑即白、非对即错、非无即有这样简单的两极就可以认知的。因为它包含的信息是真实的内在感觉。

　　我们也只能用"感觉"这个工具,去觉察自己的潜意识里究竟有什么。

　　所以,在自由联想中,信任自己的感觉,非常重要。无论你看到了什么、体验到了什么,都不要拒绝它,不急着加以妄断。请先相信它呈现给你的一切。

　　感觉,是体察潜意识的唯一工具。

　　因为我们用自己的"感觉"来探察的,不是现实世界,是我们复杂的内心。

心理现实

肖恩,问你一个问题:从出生开始,我们接纳最多的信息,是什么?

我猜,一定不会是语言。

对,因为语言信息的学习受文化教育的限制和影响。学习语言的过程,其实就是个体思维模式在群体互动的过程——不同语言类型,构成了人类不同种族间不同的思维模式。但集体潜意识是共通的,与任何思维模式都无关。

所以,一定不是语言。

那么,大概是图像?我揣度着。

金高兴地点点头。正是数不清的图像存在于我们的潜意识中,这些图像被称为意象。

但意象并不是对现实物体完整、精细的复制,而是高度概括、突出重点,反映其内在本质。因为直达本质,所以在潜意识中,意象比理性概念更直接、生动、准确地解释事物。

并且,它们通过不断地组合,调整着我们当下潜意识的状态——无论一个人内心世界平衡也好,有冲突或不快乐也好,潜意识都可以用意象呈现出来,只要你去感觉,就能看见它们,就会明白,它们正用另一种表达方式阐释着你过去的情结,或者当下的情绪状态。

在心理学上有一个词叫心理现实,比如你看到的那个"城堡"。

那，就是肖恩你目前的心理现实，就是你当下的心灵世界。

它完全不同于白天在众人面前伪装或强撑的肖恩。

我说得对吗？

心理现实？

是。每一个意象都象征着我们的某种心理现实。

如果心理现实不变，意象就不会改变。所以，潜意识中的意象，也具有现实意义，但又不同于物质世界中的现实性，它只属于心理世界。

就像现实世界中，我有一套切实存在的房子，但在我心里却还有一个"肖恩的城堡"，它其实就是反映了我的心理现实？

对，正是这样。

不理解心理现实的人，会不承认这些意象具有什么现实意义，其实，是不承认自己心理活动的现实意义。

心理现实这个定义看似很难理解，其实不难。之所以听上去似有费解，是因为我们对"现实"一词的误解——通常总是以为只有物质世界才是现实的。实际上不是这样的。

"现实"是指有关我们存在于这个世界的所有的个人信息。除了物质的部分，更包括情绪、心理、潜意识。你需要了解现实的房子，更需要了解自己潜意识中那个心房。并且很难说，哪个才是真正属于你的。

可是，金，我一定要了解自己的心理现实么？

这取决于你的人生信念。

你可以选择不去了解,也可以选择问问你自己:你了解肖恩么?你知道肖恩的历史是怎样形成的么?肖恩的心灵之河是怎样流淌的?它的源头在哪里?曾经经过哪里?在哪一阶段,它形成了什么样的漩涡?现在,它又正流向何处?

了解我自己?我的历史?心灵之河?

不过……我犹豫了,愣在那里。

我能说一下此刻我的感觉么?

当然,你说。金对我微微一笑。

听你说的这些话,我觉得我有些明白了,就像我们要搞清楚自己的物质世界一样,我们也该明白自己的心理世界,也就是心理现实。

但这对我而言,似乎很难,也是一件很匪夷所思的事情。

就好比,怎么说呢,我感觉就好像被夹在你所说的意识与潜意识之间——就像闷头在水里游泳,抬头我能看得见闪闪发光的河面,但是你让我继续向下潜,可是,下面黑乎乎的一片,我什么也看不见。这让我有些紧张和害怕,但我也很明白,确实有一些问题困扰着我,比如就像你前阵子说的,压抑。

"下潜"确实有一个过程,金点着头,尤其是开始会有一小段路程可能什么也看不到,一片混沌,没有任何参照物,感知不到任何方向——就像你身处大雾中,二者感觉相通。

所以你一定会紧张、害怕。但是如果你坚持住,继续下潜,将会怎样?

如果我不再害怕,继续下潜,那么,我猜,也许会看到一个五彩斑斓的水下世界!?

对,正是如此!

那要怎么做呢?我忽然有些力不从心。

肖恩,首先是你要相信自己,信任自己的感觉。

其次,你要携带两样必备的用具:一个是你敢于面对自己内心的勇气,另一个是一种名叫意象对话的心理沟通技术。

意象对话?

三 走进意象对话的世界

情感隔离者

长久以来,我们忙忙碌碌地活着,丧失了深入体察自我的机能,如果有一些,也可能只是表面功夫。

觉察不到真实的自己,是因为我们与自己的内心相隔离。我们的意识与自己的潜意识相隔离。我们成了被自己隔离的人。

这就是心理学上称谓的情感隔离者。

情感隔离者?

是。情感隔离者习惯把所有让自己不舒服的感觉,统统隔离开,让自己不去想它、感觉它,甚至忘掉它的存在,不理睬、不处理。

情感隔离者以为这样做,那些过去发生的负性事件就不再会干扰自己。时间长了,就连他们自己都忘了。但其实呢?那些事件的力量依然存在,它们隐藏在潜意识中,悄无声息地干扰着我们的意识。

比如,小时候受过惊吓的人,长大后,虽然忘掉了原初的受惊吓的事件,但他在受惊吓后产生的不良情绪,却压抑在了自己的潜意识中。

久而久之,如果在其后的生活中没有被很好地认知并处理,这些不良情绪就可能转化为冲动、暴戾等等不良的性格特点,又或者作用在其他相同性质的事件上,最初的事件导致的不良情绪,会在后来的性质相同的事件中被重新演绎、释放,时时前来干扰他的现实生活。

也就是说,在潜意识中的不良情绪被压抑或被隔离得越久,需要释放的力量就越强大。

这就是情感隔离者的现实状况:有时候感觉自己不舒服,但不知道为什么会不舒服,是什么使他们不舒服。这是因为情感隔离者,几乎觉察不到自己情绪的来源。但却因此反而会容易沉溺于某种情绪中。

沉溺于某种情绪中?

是的,肖恩,我说了这么多的理论,不知道你明白了么?

哦,当然。我开始脸红。何止明白,我忽然觉得他有所指,似乎我就是那个情感隔离者。

心情不好的时候,也许会吧……不过,难道不是每个人都或多或少有这样的时候么?我一时语塞。

肖恩,课程进行到这儿,我要感谢你的配合与信任,我更愿意把我们之间的关系形容为"旅伴"——你我无意中坐上了同一辆大巴车,必须要共同行驶一段路程。在这个过程中,我们对彼此会有一定的试探、好奇、体恤、理解。

所以,我想坦诚可能是旅伴之间相处的最好办法。

坦白说,第一次看见你,我在你的眼里看见了比较明显的戒备和防御。我不清楚你的现实状况。但我猜,它可能和你的现实状况有关。还有,我看出来,你自己都没有觉察到这一点,更不知道压抑的情绪来源于哪里。但是,肖恩,我的看法是,对他人的防备,可能正以对自己内心的防备为基础——实际上,这么多年来,也许你一直在防备你自己。

我浑身一激灵。防备我自己?

咀嚼着金的话,我陷入了沉默。

如果如他所言,防备自己,那么我在防备自己的什么呢?忽然我心里涌动出一股恐惧——长久以来,我一直在防备自己哪一天会崩溃、垮掉!

时时防备,处处防备,怎能不越来越觉得累呢?

一直以来,我都是很难相信别人,更不相信自己……

所以我们要知道自己的情绪来源,需要了解自己内心的来龙去脉,了解自己的心理现实。这就是了解自己。而意象对话技术,是一种让你感觉自己的心理现实,并觉察它的工具。它可以使你的意识和潜意识保持通畅,帮助你停止当下的痛苦,瓦解过去遗留的苦痛。这样,你也许会活得比现在舒服一些。

哦。我似懂非懂地点了点头……

沉默片刻,金忽然说,肖恩,我猜你可能很久没有开心地大笑过了吧。人的情绪会使脸部发生细微的变化,比如看你两颊的僵硬程度。

我看着他,脸红了起来,有些尴尬。这个人说话真是太直接了。

同样,可能你也很久没有痛痛快快地哭过一场了。金毫不犹豫又接着说。

哦,是,你说得对,我承认。这个会读心术的男人让我浑身不自在。

也许,这是因为我不是一个喜形于色的人。我不由辩解。

也许是的。金坏笑起来。

但是肖恩,你同时还是个对自己的容貌不在意的女人。一个女人的美丽,真的和情绪有关——人的脸上有四十多块肌肉,能做出几千种表情。

你选择什么样的表情,就等于你选择让脸上的哪部分肌肉运动。

也就是说,适当的情绪表情,就是正确的肌肉运动。所以,有的人脸看上去刻板、丑陋。有些人正好相反,他们的脸看上去生动、舒展,就像我的脸。

金说完,指指自己的脸,有些得意地对我咧嘴一笑。

我目瞪口呆地看着他,感觉一瞬间,他又成了一个顽皮的孩子。

但不得不承认,他整个人看上去的确有种令人莫名其妙的说不出的亲切感。

表情改善情绪

有句话叫：相由心生。

我们对眼前世界的看法，从我们的脸上便可知晓。

稍加观察，便能分辨"想得开"和"想不开"的人——一切都在面部表情的纵横走向上，得以体现。

如果常常心情开阔、面带微笑，那么自然面容舒展，我们的面部就不那么僵硬、下垂。这不仅仅是心理的调适，更是一种很好的面部运动。

而那些法令纹深重、眉头紧锁的人，也在做着面部运动——只是他们运动的是那几块妨碍舒展的肌肉。于是可知，他们的内心也一定很难舒展。

运动无所不在——面部运动，更每时每刻都在发生。

那么，亲爱的读者，你选择哪一种呢？

意象对话

现在,我们说回意象对话。

其实,它的原理十分简单。

我将教你一些最基本的意象解释,然后你自己便可以类推,像你这样聪明的知识女性,我想应该不会很难。金对我做着鬼脸。

哦,这个人究竟有多大年龄啊,一会儿严肃得要命,一会儿又很顽皮。

上次说到房子,我们说那就是我们的心房。肖恩,你的心房是一座城堡。你说说城堡给你怎样的感觉?

又是感觉! 好吧。

我是不是同样要在意象中感觉它的存在,然后再描述?

是的,非常正确,只需要全心地沉浸在意象中,信任自己的感觉,甩掉教育赋予你的所有理性表达方式。金拍拍手。

我闭上眼睛……

可是不知为什么,我又"看"到了那片白茫茫的雾。

还是那些雾,我无奈地说。

没关系,再来,深呼吸。呼气,吸气。呼气,吸气。

现在,不着急想象,你还是关注自己的呼吸,关注它的深浅、频率……

哦,眼前一层雾……我耐心地站在其中,等待着,因为有了前几次的经验,这一次,我的内心平静了很多。呼吸也越发均匀,深长。

和刚才不同的是,此时的雾,开始薄了一些,并且越来越薄。

如丝如缕,袅袅飘动……

我又站在那条公路上,四下寂静无声,只有我一个人……远远的,我果然看见了一幢城堡。我深呼一口气,向着它慢慢地走过去。

有些疲累的感觉,因为城堡实在很远——看得见,但走过去却似乎需要很久。

好长的路啊,我轻叹。

不要紧,用你自己的节奏,慢慢走过去,总会到达,不要着急。我会等你。金的声音像从很远的地方传来。

我走过去,雾被一丝丝地撕裂开了,撕裂了一层,紧接着又有一层……

雾,不断地被我撕裂。

脚下,是荒漠……画面越来越清楚,周遭是无边的荒漠。不远的地方,那座城堡,静静地伫立着。它沉默着,仿佛在等我……

终于,我站在了城堡面前。

到了,是么?

我点头。

那请你全心面对它吧!看着它,体会此刻它让你有什么样的感觉。

我仰头望着这个城堡。

不舒服,冰冷,神秘……坚固,结实……看上去不美,墙壁上长了一些枯黄的杂草……死气沉沉……

你猜里面有人么？

应该没有，没人会愿意住在这样的地方吧。

你推开门，进去吧。

我不太想进去，我不知道，它让我感觉有点不舒服。

也许进去了，才知道为什么感觉不舒服。

那我试试吧。我推推门。但门似乎很重很沉，我推不动。

现在，看你的脚下，有一根结实的木棒，你捡起来，试着用它来撞击城堡大门。

一根木棒？哦，果然有一根，我拿起来，敲击大门。一下，两下……

门，纹丝不动。我继续敲击着，一下，两下……

这个门有多久没有打开过了？好困难啊……

金，我觉得好累，感觉它不可能被我打开似的。

坚持住啊，肖恩，拿出你的勇气和决心。

金的话刚落，门忽然开始晃动了。

松了！可是，一种巨大的恐惧突然向我袭来！

我不知道，我真的有点不想进去。不知道门打开之后，会有什么在等着我。

我有些害怕，并越来越害怕，心都提在了嗓子眼！我使劲地摇头。

算了，不进去了！

如果你放弃，你将再一次和真正的自己隔离！但如果你坚持，也许从现在开始，一切会有所不同！金的声音高了起来。

可是,我为什么要这么做这些!这都是我的想象!这不是真的!

我猛然睁开眼睛,捂着胸口站起来。不,我不想玩这个游戏了!我不要看那个讨厌的城堡!

你觉得讨厌?

是的,很讨厌!

可是它属于你。

这都是你说的!就算是我的,我也讨厌!

好吧,肖恩,这是你的选择。基于恐惧或别的某些原因,你选择让你的心房继续紧闭——不是对别人,是对你自己。金的神情暗沉下来。

那又怎样?管它打开还是紧闭,我还不是一样地活着!

金喝了口茶,淡然地望着我,说,肖恩,城堡还有另一个名字,叫压抑。

我抓着包,冲了出去。

去他的潜意识,去他的意象对话,去他的心房,去他的书稿……我统统不要了!我的脑子乱成一团,心里的念头也乱成一团,我快疯了!这个讨厌的金,去他的城堡!

我奋力地一路小跑,向家的方向。

向着现实中家的方向。

但是那座城堡仿佛一直在我身后,黑洞洞的门里,不断喷涌出巨大的黑色的恐惧。无论我跑得有多快,它们都在身后沉默地追赶……

心理小贴士:

自我改变的恐惧

就像我先前说的那样,成长,其实是一件很痛苦的事。

它迫着我们探究自己的真相,追寻"我,为什么成为现在的我"的答案。

每一个来访者在咨询过程中,都会有或大或小的变化。

虽然变化程度可能不同,但总要付出大小不同的"代价"。

消除旧时的行为习惯,建立新的思维、行为,必定伴随着痛苦。

经常会有求助者希望会有某种灵丹妙药,吃下去,心理问题就一了百了,不作出任何努力就"大功告成"。这样的想法,会对心理咨询中带来的痛苦没有任何心理准备,往往产生阻抗。

瓦解自己过去相信的、习惯的,需要深刻地总结、反省,也必然伴随紧张、惶惑和焦虑,往往需要痛苦地作出抉择。

即使是心理上最坚强的人,改变旧有行为,建立新行为的过程,也会给他带来心理上的冲突和焦虑,何况对于本来心理就不容易平衡的人来说,这一过程的痛苦程度,可能更为严重。

但是如果突破了成长的瓶颈期,自然会到达更为宽广的天空。

这,就是我们自我改变、自我成长的目的所在啊!

我究竟在害怕什么

我一阵小跑,"逃"回家。推开门,家里静悄悄的,迪迪已经睡着了。

自从我离婚之后,迪迪就很懂事,学会了照顾自己。

轻手轻脚走到他的床边,看着他那熟睡的小脸,我的耳边忽然响起金的话:你了解肖恩么?你知道肖恩的历史是怎样形成的么?肖恩的心灵之河是怎样流淌的?它的源头在哪里?曾经经过哪里?在哪个阶段,它形成了漩涡?现在,它又正流向何处?

源头?漩涡?流向何处?

指的是我的未来么?

我早就觉得自己没有未来……人生路越来越窄。

所有的希望,就是眼前的这个孩子。

其实,这段时间,是我人生中过得比较平静的时光。没有太大波澜,只是平静,没有"快乐"。我的快乐,早就被冰封到某个不知名的地方去了。过去的焦躁,已经变成平静的难以自拔的抑郁。即使我不纠结过去,但也不愿意遥想未来,只想把孩子带大,把日子一天天挨过去,再别无他求。

回想刚才在金的家里,我站起身的一刹那,忽然感觉到我的现实被他撕裂了……

他为什么这么残忍,为什么要打破我现在的平静?

可是,现实又确实不那么"美好"。

65

眼前这个家,简单,脏乱。虽然我和儿子在这里生活,但我好像并没有真的把它当成家。

每天下班回来,做饭,吃饭,简单地洗涮,陪孩子学习,送他上床,之后孤身一人躺在那里,拿着遥控器,从这个台摁到另一个台。等待夜的来临,等待窗外的嘈杂声渐渐退去,等待周遭一片寂静。

辗转反侧,咀嚼着孤独与空虚,在嘈嘈切切的电视声中,我慢慢睡去。

但在刚才,在一路狂奔的时候,我突然意识到,这个房子不仅仅是我与儿子的容身之所,它也是我们的家啊,是我和儿子唯一的安全所在啊。我忽然意识到了自己对现实这个家的需要,一种迫切的需要。我需要躲到这里来。这个家,是我可以躲藏自己的地方。

但是过去的我,从未意识到。想到这儿,我的心里泛起一阵悲哀。

就像我不关心这个"家"一样,我也不太关心孩子——他的学习我几乎从不过问,更很少和他谈天说地。有时候,他对我说什么,我也总是心不在焉。说真的,我就像一个影子一样,在他的身边来来去去。我真不是个好妈妈……因为我一直都活在自己的世界里。我自己感到孤独,也影响到了儿子。我知道,却无法改变。

这个屋子,不过是我寄托身体的地方。我的灵魂在四处游荡。

就在半小时前,我看见了自己的生活到底有多不堪,自己有多胆怯和懦弱。

我本来不想暴露这些只有我自己知道的秘密,可是那个该死的意象对话,轻易就让我现出原形。

心理现实?我的心理现实,就是那座冰冷的城堡?

我想起金的另一句:肖恩,城堡还有另一个名字,叫压抑。这句话像重锤一样,狠狠砸在我原本以为坚硬的外壳上。

是的,我压抑很久了。并且,我太擅长压抑了。

走到盥洗室的镜子前,我看着自己的脸颊,似乎是有那么点的僵硬。我努力挤出一丝微笑来,马上又觉得很滑稽——因为有个声音忽然响起:肖恩,你根本不配笑!

我迅速逃离了镜子。

你不配这样!你不配那样!你不配!

我缩在沙发里,仔细听这个声音。

努力分辨,我听出,那是母亲的声音……

一直以来,她就在我心里发出这样的声音。我低下头,缩成一团。

我明白了,自己害怕面对母亲,就像害怕"打开"城堡。

母亲和我

母亲一直暴戾、乖僻。

从记事起,她因为各种原因和父亲吵架、打架。

十岁的时候,父亲终于忍受不了,离开了家。而在我看来,长相酷似父亲的我,就成了母亲发泄的对象。母亲将对生活的所有愤恨都发泄在我身上,时常无缘无故打骂我。不论白天或晚上,只要愤怒像洪水一样袭来并吞没了她,她就会转而用各种不堪入耳的语言,来吞没我。而这样的洪水,到后来几乎每天都会泛滥……

初中的一天,我忍不住顶撞了她。放学的时候,她守在校门口,不顾同学老师们都在场,扯住我狠狠地揍了一顿。

我踉跄着逃到附近的小山上,发誓再也不理睬她,不和她再发生任何争执,好好学习,早早离开家。下了这个决定,我反而舒服一些——既然再害怕,狂风暴雨也是要来的,那么就索性站在狂风暴雨中吧!

那天起,我坚定地为自己树立了一个原则——对待一切就是一个字:忍。

我忍着,把一切都压抑在心里。无论再怎么被母亲打骂,我都一声不吭。忍到后来,几乎能做到对她的一切视若无睹。再后来,无论母亲怎样,都不再能影响我的情绪——压抑久了,我几乎感觉不到我的情绪了。不论母亲怎样辱骂,一离开家,我都是一副活泼开朗的样子。我才不把这些事情放在心上——我总这样对自己说。

　　母亲总在常人面前数落我"没心没肺"。是的,这么多年来,我一直在努力扮演一个"没心没肺"的人,有时候自己都被自己迷惑了。以致信以为真,认为自己承受能力很强。

　　可是,我真的是这样么? 要真这样,为什么要从金那里逃走? 我在害怕什么?

　　就像金说的,我的情感,被自己隔离了。

　　隔离在了我看不见更不愿意看见的地方。

　　后来为了早早离开家,大学毕业后没多久,我就嫁给了文龙。

　　母亲自始至终都很讨厌他,说他和父亲一样,都不是个好东西。事实不幸被母亲言中,文龙几年前果然有了别的女人。那时候,我其实想忍耐一段时间,原谅他,等他回头。可母亲嘲笑我,辱骂我,说我下贱,没出息。更让我不堪忍受的是,她当着迪迪的面骂文龙,骂得不堪入耳。

　　文龙一气之下提出离婚。

　　我为儿子转学,换了号码,搬了家。我既不想看见遗弃我们母子的文龙,更不想看见那个如女巫般的母亲。本来我打算就这样"没心没肺"地"坚强"地活下去,可是,百米之外的金又让我想起这一切!

　　现在,一切都让金弄砸了……

　　我该怎么办?

　　是像以前一样活着,还是重新回到金那里,继续那个该死的课程?

心里有个声音说：肖恩，你是个不折不扣的失败者。

我闭上眼睛，陷入了熟悉的无边无际的抑郁中，脑子里一片空白。

那感觉，就像在黑夜里，我漂浮在无边无际的冰冷的海面上，抱着一块叫"没心没肺"的木头，随着潮水，一漾一漾，瑟瑟发抖。我知道，只要松手，就会立刻朝着大海深处坠落而去……

"失败者也许才是最强大的人：因为他已一无所有，还有什么可畏惧！"

我被惊醒，猛然坐了起来。

远处，一道闪电从高处落下，在大海的尽头炫亮地划过，照彻夜空。刹那间，我竟停止了颤抖……

熟悉的陌生人

上午刚进办公室,小黄就来找我。

她问我"对付"金,有无"最新成果"。

我想了想,还是像上次那样含糊其辞地应付了几句。

但看着小黄一脸揣测猜疑的神情,我忍不住问她,能告诉我,你为什么对这件事情这么好奇吗? 小黄一愣,笑了笑,借故走开了。

看着小黄的背影,我忽然有些明白了小黄没有拿到书稿的原因——她的心理现实,一定也被金洞悉了。不,是被她自己洞悉了。就像我一样。然后,她也和我的反应相同——逃走了。现在,有过这些经历的她,是想探究我的心理现实吧。

我忽然有些感慨,每天与那么多人见面、说话、交流,究竟知道多少对方的"真相"呢?

比如我,同事与朋友都说我开朗大方,即使离婚了,也没有"自暴自弃",都说我很坚强,心理承受能力不一般。其实我只是揣着"牙打掉了和血咽"的念头,不对任何人说自己难过的事情。是的,我怕被人"看笑话",母亲的事、文龙与别的女人的事、迪迪在学校的事,这些我从来不会对别人提及。这么多年来,我一直努力地维持着自己的"没心没肺"与"坚强",我很用力地在"做人",绝不允许自己有任何闪失。

再比如,小黄。我忽然明白了自己也并不了解她,即使同事了这么久。她的"真相"又是怎样的? 小黄倒是经常把家里的事情拿出来说,说老公如何会挣钱、如何疼爱她,经常谈论自己的名牌皮包、首饰和衣服。但这么多年来,我从没见她的老公。小黄的一切,都是"她在说"。她展示的"自己",都是"她在说"。

还有,其他人呢?

这样想,其实我周围都是熟悉的陌生人。或许每个人都和我一样,都在各自群体里努力扮演自己认为的安全妥当的角色。

情感隔离者。我忽然想到这个词。也许,扮演角色的前提,就是我们必须先隔离自己的真实情感。不想自己的历史,不想自己心灵之河的来龙去脉。仅仅是活着。

面对别人,也许这样是"可行"的。但是,面对自己呢?

心理小贴士：

角色扮演

参加宴会,遇到一个你十分感兴趣的人,你会怎样表现?

是对自己的一举一动毫无察觉,还是对自己的行为全程"监控"?

在和这个人互动的过程中,我们不自觉地营造着某种自我形象,无意识地做着对方可能认可的事情,谈论可能引起对方感兴趣的话题。

我们始终在管理自己给他人带来的印象,尽可能地去展现可能引起对方赞许的形象。并根据他(她)的反应,不断调整自己的言行。

这真是一件很微妙的事情。

或者虚伪地谦逊,或者无故地夸耀。

在社会互动的过程中,每个人都有一个内在的我与外在的我。

内在的我,是"我认为,我是这样的一个人"。

外在的我,是"我想成为别人眼中的这样一个我"。

适应社会,需要我们扮演各种角色,并形成社会同一性。在我们所确定的角色与社会认同的过程中,各种角色逐渐被我们内心全盘接受,并努力使他人相信我们就是这样的人。

所以,宴会结束,你回到了家,一个人的时候,回忆发生的一切,因为获得了对方的认同,而不由得沾沾自喜。唯独对自己在宴会上"扮演"一事,浑然不觉。

　　而另一个与你参加同样宴会的朋友,这时也到了家,并在心里暗自思忖:他怎么忽然和平时判若两人?简直变了一个人似的?

书稿的秘密

下了班,我鼓起勇气,再次叩响金的房门。

你好。看见我,金的表情并没有一丁点的意外,依旧是惯常的温和。这倒让我不好意思起来。

我想继续参加课程。

好的。金点点头。

不过,我还是很想知道,为什么拿你的书稿之前必须要先参加这种学习?

哦,金摸摸脑袋,脸上竟有一丝害羞的神情。

是这样的,每个事物都有它自己独特的能量。我写出的文字,其实展现了一种属于我的独特能量。也许你不认同这样的措辞,但这确实就是我的理由——我希望能把这种独特能量,交给另一个能与这个能量交汇的人。

我更希望两种能量的交汇,能产生更奇妙更强大的新能量。

我猜想,也许这样,能量才可以畅通无阻地流通下去。

其实,我认为,所有的优秀的艺术品,都是某种特殊能量的散发吧。有些读者可以感应,有些则很难。这要看作者与读者之间的缘分和造化。通过不断地被阅读,能量在流传中被不断强化。说白了,我是希望你能体会我的感觉,成为一个可以与我的感觉沟通的人。在看到你的第一眼,我就确定,我的课程适合你。

还有,当你明白了我字里行间的意思,就可以用恰当准确的语言向他人描述它。

而事实上，我知道，有些编辑找到我，只为了物质，而并不关心我究竟说了什么、为什么这么说。金坦诚而缓慢地解释着。

听上去确实有些匪夷所思。但好像又有几分我难以抗拒的合理性。

那么，现在请你告诉我，你是为了书稿才决定继续学习的么？

不，是为我自己。我脱口而出。竟有几分激动。

这样说，你做好准备喽？

差不多，我已经有一定的心理准备。我说得有些结巴，还有一些紧张。就好像即将要"敞开内心"——但这个动作我平生几乎从未做过。现在的我，只知道应该是时候这样做了，但后面会有怎样的局面，这个问题又总是悬在我的眼前，挥之不去。

不，仅仅在口头上说还不行，你还要在现实生活中有所行动。金的话让我回过神来。

什么意思？我问。

首先，要学会和你的现实共处。金一字一顿。

我不是每天都活在现实中么？我有些不解。

不是和现实融为一体，不是要被现实"淹没"。我需要你问问自己，怎样看待你的现实，并且你为你的现实，做了些什么？

能说得更明确一些么？

肖恩，回去之后你拿出纸笔，把你认为的在现实中拥有的所有东西都记录下来，想到多少就写多少，越多越好。然后再逐一地

想想,你为它们做过什么,能做什么。现在不着急回答我,你有一
个星期的时间去想去做。

　　祝你好运!

开始成长的旅程

我的现实——晚饭后,我认真地在一张纸上写下这四个字。

儿子迪迪凑过来,问,妈妈,你在做什么,写作业么?

我的脸"唰"地红了,笑着吻了吻他的小脸。

什么叫"我的现实"?儿子指了指我写的字。

就是指现在所有我拥有的东西。我说。

噢。他明白了似的,使劲地点头。上课真好,我喜欢你上课。他一副很欣慰的样子,像个小大人。看着可爱的儿子,我忽然想到,现在拥有的最重要的现实,不就是眼前这个小人儿么!

于是,我认真地落笔:

我的儿子。

可是刚写下,金的话在耳畔响起:你为现实做了什么呢?

我忽然意识到,自己长期以来都忽视了儿子——关于"儿子"这个现实,我很少为他做过什么。

妈妈,还有爸爸。在旁的迪迪捅了捅愣神的我,小心翼翼地说。

好吧。我想了想,为了不让儿子失望,于是写上:迪迪的爸爸。

工作。我继续记录着。

然后我环顾四周,写下:

坏了的沙发

噪音很大的油烟机

我的书

不用的音响

衣橱,有些乱

自行车有泥

门厅不亮的灯

……

妈妈,我们家有很多需要修理的东西啊。儿子在一旁着急起来。

我停下笔,突然发现,我不知不觉写下的,都是些需要修理的东西!

是啊,现实中等待我去处理的东西很多啊,可是过去的每一天,我都故意视而不见。得过且过,导致越积越多。因为我从来不想着为它们"做点什么"吧。这就是我怠惰的心理现实导致的糟糕的生活现实啊。也许它们互为因果关系吧。

我忽然明白了,金让我整理"我的现实",其实就是让我远距离了解自己的现实状况,还有深陷其中的怠惰的自己。

我对着儿子不好意思地笑了起来。明天我就开始一样一样地解决它们!

嗯,我帮你!儿子很用力地点头。

绞尽脑汁写完之后,儿子还说一定要检查一遍,于是我把"我的现实"递给他。

妈妈,你还忘了一个人。儿子抬起头说。

谁啊?我抬头问他。

就是你自己啊!说完儿子咯咯地笑了起来。

我一愣,是啊,儿子说的没错,我的现实中,应该还包括我自己！

于是我在最后加上：

肖恩

接下来的整周，我前所未有的"充实"。

列了一个计划表，按照计划的内容，每天下班后都处于解决"现实问题"的忙碌状态中。总有事情等着我去做。做完一项，我就在计划表上勾掉一项。

我换了沙发，找人修理了油烟机。把衣橱收拾了一遍，仔细整理了堆放得异常杂乱的书橱。擦了窗户，抹拭了家具，换了灯泡。我还找来一个大大的纸箱，把多年不穿的也许永远都不会再穿的衣物，过期的杂志，迪迪坏了的玩具等等闲置物，统统装了进去。当把那个结结实实的大箱子交给收购废品的人，然后接过他递来的十五元钱的时候，我哑然失笑，心里却轻松无比。

整理"现实问题"的过程中，我有些明白了，只要愿意，"改变"也许没那么难，因为"现实"不是一个抽象的词，它其实是一个个具体的"零件"，散落在我的周围。我将它们每一个都擦拭一遍，去锈、上油，然后重新组装，让它们重新组合成一部具有生命的机器，再次开动。这种感觉真好，起码忙碌的这一周让我觉得我在"生活"，我也暂时抛开了过去习惯沉溺的毛病，有了踏踏实实的感觉。

但是，必须承认，这些毕竟都还是举手之劳的小事。除此之外的有些"现实"，目前的我还没有办法"处理"。

那就是：迪迪爸爸。

肖恩。以及，肖恩的母亲。

心理小贴士：

劳动产生愉悦

有些人会在心情不好的时候,选择打扫卫生,大扫除。

我个人觉得这是个好办法,只要不是刻意到洁癖的程度。

清理家里的阴霾——清理内心的阴霾,这两个意象之间构成了一种无意识地表达:我需要清除内心杂七杂八的念头。

此外,集中精力劳作的过程,也是短暂地从烦恼中解脱的过程。

这个办法的最佳妙处就在于:劳动,会使我们分泌使身心感觉愉悦的肾上腺素。

身体既得到了"锻炼",又得以让自己冷静下来,与烦恼的根源保持了距离。

好吧,当你看到在自己的努力下,周遭变得窗明几净,难道没有短暂的愉悦么?

四 整理生命：用觉察与意象对话

万物皆意象

上课时，我把自己这忙乱的一周告诉了金。

他边听边笑。

我赞叹迪迪很聪明，竟然能指出我也是"我的现实"的一部分。这句话真的让我很惊异。好像一不小心，孩子道出了本质。

金点着头说，孩子其实比成年人更有自我意识。因为他们还没有意识到"社会边界"。他们的世界是以自我为中心展开的，所以更关注自身。相反，成年人则更关注自身以外的东西，比如人际关系、物质环境等。

所以，这世界上最自我的就是孩子了，想和谁亲近就和谁亲近，想不理谁就不理谁。金总结说，神情看上去好像他就是那个自由自在的孩子。

我忽然想起来，迪迪小时候有不愿意与陌生人亲近的"毛病"。

有一次单位聚会，我带他去，无论同事们怎么逗他，他都不理不睬，弄得我好不尴尬。

相反，成年人就不一样，善于隐藏、压抑，会随着环境给自己戴上一张张面具。有时候，压抑得连自己都不认识自己。金说。

听他这样说，我又想到了自己。

那也没有办法啊，有时候为了生存，不得不这样。我辩解道。

但我们不仅要为别人而活，也要记得为自己而活——了解自己，比什么都重要，也是为了和他人更好地相处啊。

道理我当然知道，但是……我一时茫然起来。

今天，我将与你一起尝试用意象对话技术更好地了解自己。金说。

以前我们说过，意象对话就是使用原始的象征性语言系统，潜意识把我们的外在体验与内在感受，融合为一个包含众多象征符号的意象世界。

运用意象对话，我们可以潜入潜意识，在潜意识中识别、了解、感悟。所以，这也是一种叫"下对下"的交流方式。

比如一些长期固着的情结和本能，会化成某种意象呈现于潜意识。只要我们用意象对话去觉察它，找出潜意识中的原始图像，从而显示出自己当下的心理现实。

所以，只要你知道一些原型意象背后的情绪符号，一切都迎刃而解。

总而言之，意象对话，是要用感觉去学习，而且一点都不困难，不深奥。

就像你说过的房子代表着心房。

是的,正是这样。每一个意象都与自身心理状态紧密相连,每一个意象都浸染着我们当下内心无法摆脱的情绪。

其实,在很多文学作品中都能看到"意象"——通常用大地象征母亲,用高山象征父亲。飞翔象征着向往自由、挣脱束缚的渴望,被追赶象征着内心无法摆脱的焦虑与冲突。而城堡,代表一颗压抑很久的心。你打不开它,是因为你很久没有探访自己的心灵。太阳象征着威严,温暖,但有时候也象征着暴君。月亮往往象征女性,或一段纯洁的爱情。一条河水里有鱼在欢畅地游泳,也可以用来表明性爱。

哦,对,有"鱼水之欢"这个说法。

正是这样。生活中,意象无所不在,它生动地诠释着我们的世界,使之充满情绪色彩。但又相当本质、准确,通俗易懂。

红色让人感觉焦虑,紫色是忧郁,黑色让人联想死亡,仇恨的人,就像手里悬着一把锋利的欲出鞘的刀……

意象几乎可以隐喻心理世界的一切。金总结说。

花与昆虫

肖恩,现在,你闭上眼睛,我们来体验一个简短的意象对话。深呼吸。吸气,呼气。

吸气,呼气。慢慢来,用你自己的速度……

现在,你走出了屋子,踏上一条你以前没走过的路。可以是任何路……你慢慢走着,看见不远的前方,有花草,什么样的花草都没有关系……

这时,你走过去,看到其中的一朵。你仔细地看着这朵花,观察一下它的颜色,花瓣的形状、层数,看看它是什么花……这时,飞来一只昆虫,它可能与这朵花彼此有互动,甚至它们可能会有对话。

肖恩,你猜,它们之间说了什么?

哦,我依然走在那条公路上。

当金说要"看花朵"的时候,我环顾四周,低头在公路旁看见了一朵小花。它孤零零地长在石头旁。仅此一朵。小花瘦弱得仿佛一触碰就会折断似的,柔嫩的五片花瓣,淡淡的紫,花心是更深的紫色。一只昆虫飞来,是一只蜻蜓。

蜻蜓说,能让我停留片刻么?

小花说,不可以,你太重了,我恐怕不能承受。

……

结束意象对话之后，当我向金描述这些"场景"，不知为什么，心里对那朵小花满是怜意。

花朵通常象征女性心中的自我形象。金解释说。昆虫，象征女性心中对男性形象的看法。如果是男性来做，也是这样。而它们之间的互动，也象征了你当下内心对两性关系的认知。

是么？我惊讶道。

问问你自己，是否在现实中面对两性关系，曾有过类似的情绪体验。金不紧不慢地说。

我沉默着，过了很久。

我明白了，那一句"不可以，你太重了，我不能承受"简直就像是我对文龙那种冷淡的态度——婚后，我一直不太喜欢与他亲热。

离婚后，我对所有男人的态度，也是尽可能地敬而远之。

这就是原始象征性表达系统。金说。不用我再过多地解释，我想你也能明白这种意象中蕴含的意义了。金看我许久不开口，慢慢说道。

而关于那朵花，肖恩，你现在可以重新回到那个感觉，体会它带给你的感觉。

我有些不解，但还是闭上了眼睛。

肖恩，现在，你重新站在了那朵花面前。

我又重新看见了那朵瘦弱的紫色小花。

你想对它说什么？

你好可怜。我情不自禁。

它怎么回答呢？金问。

我也不想这样，可是我没有获得过太多的养分。忽然间，就像我自己变成了那朵花。

你告诉它，愿意每天都来照看它。

我在心里一丝不苟地照着说了。

小花说什么？

轻轻地，我听见小花说，谢谢，这样它感觉舒服一些了，没那么孤单了。

很好，睁开眼睛吧。金说。

我看着金，感觉意象对话太不可思议了！

我什么也没做没说，一幅图画却表露无遗——我忽然体会到什么叫"关爱自己"。

我想说我的感受，可是，说出来又觉得太简单了——但实际上我的感觉一点也不"简单"。

是的，意象对话就是这样。

它和我们的理性语言完全是两种表述系统。你可以用语言描述画面，但那种感觉只能用心去体会。也就是在心里先有了感觉，然后顺着感觉，用语言描述。而不是先有语言，再组织相应的语言符号。知道自己的感觉，也就让你迅速地看见了自己内心的"真面目"。

并且，因为我同时在感觉你的感觉，所以，我其实也"看见"了你的潜意识——在那一刻，我们之间的感觉互通了。所以，刚才我们的对话方式就是"下对下"的对话。能明白么？

我点着头，但还是处在"太神奇"的惊异中。

慢慢来吧，以后，你自己也可以像今天这样，用意象对话了解自己的心理现实。

这样看来，意象对话好像也不太难。我揣摩着。

对，只要是能信任自己的感觉，就能很快用这种方式了解自己。而一旦对自己有了一定的了解，又能很快通过意象对话洞察自己的心理现实。不用解释、分析，一切昭然若揭。金笃定地说。

我松了一口气，这几乎就像是在做游戏！根本没有我以前以为的会有什么复杂的理论知识。不知不觉，就靠近了自己的"真相"。

但是，有些犹豫不决的我忍不住还是要问，金，难道就这样在脑中"空想"，就能达到解决问题的目的么？

金笑了起来。是的，因为它阐释了你潜意识里的信息，用一种摆脱了思维的方式，因为我们的感觉不属于我们的意识——比如在意识层面谁都知道抑郁不好，但还是忍不住会抑郁，会沮丧。所以意象对话是清理了我们的潜意识，因为它正来自于潜意识。

终于打开心房

肖恩,让我们再做一个"游戏"吧——去看看"城堡"。

这节课刚开始,金就如是说。

我调整了身体,不自觉地有些紧张,而后慢慢闭上眼睛。

首先感觉自己的躯体与呼吸。金的声音缓慢、低沉。深呼吸。

我现在已经有些了解自己呼吸的频率了。因为是观察呼吸的结果。就像灵魂在对栖息地——躯体的关照,我的意识在观察躯体如何呼吸。

当你在烦恼时,可以保持觉察自己的呼吸。因为,当我们开始觉察躯体的反应,血压会下降,心跳会降缓,压力减轻了,呼吸也开始平稳。神经系统慢慢迈进了一种宁静的平衡状态。我们的灵魂与我们的躯体,很好地融为一体,彼此关照……觉察情绪,可以从觉察呼吸开始。觉察自我,就从觉察自己的躯体开始……

金的声音犹如天籁般,平静地吟诵着……

而我,好像正从沙滩慢慢走向大海,海水逐渐淹没我的身体。一个浪花迎面而来,我顺畅地义无反顾地向着大海深处,潜去了……

我又再次回到那条路上。又一次看见了城堡。只是这一次,它似乎不那么遥远了。我沿着公路,慢慢地走了过去。

打开它,肖恩。金的声音仿佛回响在遥远的太空。

我试着推门。门依旧很重,不过与上回不同的是,"吱呀"一声——门终于被我打开了！

进去看看，肖恩。

我慢慢走进去。一阵凉意袭来。大厅空无一人，光线昏暗，大理石的地面，积满了厚厚的灰尘，两边的窗户果然既高又小。整个大厅没有任何家具。空空荡荡。

有楼梯么？

有。

拐角处有一个旋转楼梯，我小心翼翼地踏了上去。楼梯实在过于狭窄，每踏上一步，都有沉闷的灰尘弹起，然后落下来。

二楼显得更暗了，我努力地睁大了眼睛。这一层有很多房间，但每扇房门都紧闭着。

你愿意打开其中一间么？

我不太愿意，因为不知道里面会有什么，我有点害怕。想先上三楼。

好吧，先上三楼。让我们跟着你的感觉走。

三楼是一个低矮的阁楼。木质的地板，踩上去咯吱作响，似乎只要稍微用力就有垮塌的危险。我弯着腰，小心翼翼走着。在右边，发现了一扇木质小窗，阳光从窗外洒在了满是灰尘的木板地上，形成了一小片斑驳的浮动的光影。

去把窗户打开吧。

我轻轻推窗，木窗上的漆壳窸窸窣窣掉了下来，不过窗户还是打开了。我松了一口气，因为终于闻到了屋外新鲜的空气。我在窗边坐下，立即贪婪地做着深长的呼吸。心里感觉舒服多了。

如果可以，我们再到二楼试试好么？金又说。

好吧,要关窗么? 我问。

不用,就让它敞开着吧。

我又重新踱步回到了二楼,但此时的光线似乎不像先前那么昏暗了。我站在那里,看着一扇扇紧闭着的房门,它们就像一张张严守重大秘密的嘴巴,肃穆地与我对峙。

肖恩,先停留在这一刻的感觉里。在这一刻,你猜猜自己最害怕进入哪一间房? 信任自己的感觉,跟着它走就可以。

我看着这些"复杂万分"的门,一一感觉过去,指向最里面的那一间。

肖恩,你就去打开这间屋子吧。金说。

不可以! 我立即摇头。

还是会害怕?

是的。

那么先觉察一下躯体的紧张感。

什么意思?

体会你的躯体有什么异样没有。金的声音,又静又远。

意象中的我,站在那里,感觉自己双拳紧握。但当我注意到这一点时,双拳不由自主就松开了。我发觉到了自己的颤抖,但当我注意到它,颤抖的幅度慢慢减弱了——我想我好些了。

我吸了一口气,走向那一扇门,慢慢转动把手。

啊! 我尖叫起来。屋子中央,有一张椅子,上面坐着一具绿色的丑陋的干尸!

肖恩,不能退缩,向着干尸走过去! 它已经失去了生命和活力,不会再伤害你! 金大声道。

不行！我往后退，想立即逃出去。

肖恩，千万不要退缩，它只是一个物体，而你才是具有生命力的人！此时，金的声音铿锵有力，一扫往日的温和舒缓。

心理小贴士：

直面可怕意象的重要性

我曾经给一位自己判断自己是强迫症的十五岁少女,做意象对话。

在心房里,她看见了一个胸前插着一把匕首的小女孩,与一位可怕的女巫,相对站立。

少女害怕地要逃出意象。我鼓励着她,握着她的手,请她再坚持一小会儿。

我对她说,让受伤的女孩试着去拥抱那位女巫吧。女孩照做了。

于是,在受伤女孩的怀抱里,那位女巫竟然渐渐变成了少女自己的模样。少女"看到"这个变化,号啕大哭。

她其实并没有强迫症,不过是因为在过大的现实压力下,产生了自我无法承受的巨大焦虑。

一个十岁有着露阴癖的小男孩,在意象世界里看到了一个脏兮兮的老太婆,坐在脏兮兮的床上。老奶奶很可怜,没有儿女来看她。小男孩对我说。

我轻轻搂着他,指引他对老太婆说:老奶奶,别担心,我会陪着你,我会常常来看你。

小男孩的母亲在一旁默默地流下了眼泪。不用我解释,这位母亲也感觉到了孩子内心深处的孤独。这家的大人,因为忙于应付长期以来严重的家庭矛盾，谁也没看出孩子深深压抑的不快乐。

我们常常说，直面人生的伤痛。在意象世界里，同样有一句话，叫直面意象。

意象对话中，来访者经常会"看到"可怕的意象。

比如我在咨询中经历的干尸、女巫、幽灵般的小女孩、凶手、鬼魂等等。它们对应着来访者内心深处的糟糕情结，因为时间久远，压抑过重，负性力量使它们幻化成可怕的意象。当我们"看到"它们，第一反应当然是要逃离。

但是，且慢，人生苦痛的"松动"，就是从直面可怕的意象开始的。

直面意象，其实就是直面人生中最不堪承受的那部分。现实世界里，很多人意识里感觉不到它，但它其实就在潜意识里影响着我们的生活。

比如上面有着怪异行为的少女和男孩。

"直面"会让身处现实的我们痛苦。那么好吧，请在意象的世界里，拥抱你面前的另一个你，尽管它很可怕，但是你的一部分。拥抱着它，也就是从你自己内心里生发出了关心自己的力量。

从另一个层面说，你也学会了直面人生。

可怕的母亲

肖恩,你看着它! 不眨眼地看着它! 因为只要你看着它,它就会有变化! "另一个世界"的金说得不容迟疑。

我咬着牙, 哆嗦着一步步向着这具丑陋而可怕的干尸挪去,强忍着恐惧,紧紧地盯着它。

时间仿佛停止了,我也快窒息了……

慢慢的,干尸真的变了!绿色渐渐退下去,开始显出皮肤的正常色。再慢慢的,皮肤似乎有了弹性,不再那么干枯了,面目也逐渐清晰了。

啊!我又一声尖叫,捂住了嘴——干尸变成了我的母亲!她眼神凶狠,张着空洞似的嘴巴,一动不动望着我!

是母亲!

是已经死了的母亲!

是的! 干尸变成了尸体! 我母亲的尸体!

不要紧,肖恩,如果你想让她活过来,就继续看着她! 金的声音也急促起来。

不,我不要看她,就让她死吧……我脱口而出。

为什么?

就让她死吧……我不要她……

久违的泪水,哗地流出来,如泉涌。我不要她……我不要你……我不要任何人……

我快速跑出去，重重关上门，再下楼，径直跑出城堡。

回到现实中的我，蜷成一团，捂着脸大声哭泣。

金递过一张纸巾。

我恨你。我哽咽着说。

我爱你。金笑着说，像父亲的声音。

我忽然回到了小时候，看到父亲离去，看到他留给我的最后一个苍白的微笑。不，我不恨你，我恨妈妈。我对爸爸说。

为什么母亲会是"干尸"?

　　不知过了多久,我在哭泣之后,长久地沉默了一阵。最终,挪动了一下身体,开始向金诉说自己的过去。

　　这是我第一次向他人敞开心扉叙述自己的故事。这种彻底的打开,让我浑身颤抖。

　　我呜咽着,说小时候,说我的婚姻,说离婚之后母亲怎样不放过我,怎样在我家里用几个小时不停地诅咒父亲和文龙,无论迪迪在不在场……后来,迪迪一见到外婆就吓得大哭。再后来母亲连迪迪也骂……

　　叙述过程中,我的脑子一片混乱,原先压迫着我的往事如潮水般不断喷涌。

　　我说我恨文龙,更恨母亲。

　　我说我不需要任何人。除了迪迪,我任何人都不需要……

　　我抽噎着,断断续续地讲着。终于,我不再颤抖,平静下来。

　　随着回忆,我渐渐意识到,我第一次感觉到,"我"的存在,第一次感觉到"我的历史",第一次感觉到那个压抑已久的念头——我之所以要从母亲那里逃走,正是这个念头给了我力量:我就当她死了。

　　是的,这个念头我从来不敢深想,但是潜意识中,我竟然就这样做了。我让她死了。

　　为了让她死得更彻底,我让她变成了干尸! 我的潜意识在神不知鬼不觉的时候,完成了意识中的我不敢完成的事。

不知不觉,我把这些也向金和盘托出。

肖恩,如果在现实中,母亲真的离去,你的恨会随之消失么?

不会。我立即摇头。

好吧,这显然不是一下就能解决的问题。金叹了一口气。现在,让我们转移一下注意力,回到你的意象中来,好么?我想向你解释一下,刚才意象所指的意义。

我擦了擦眼泪,坐直了身子,有些扭捏起来。

在看到金的眼睛的刹那,我又重新平静下来。他的眼睛像泉水一样温和深邃。让我感觉到一种叫勇气的东西,正悄悄蔓延。

首先,房子里无所不在的灰尘,给你什么感觉?金问。

很久没人走过,一些脏的东西慢慢积累下来。

很对,灰尘就是代表你长期以来积压的负性情绪,特别是抑郁的情绪。

窗户既小又高,给你什么感觉?

憋闷,不透气。我想了想。

"心房意象"中的窗户,正象征着我们内心的开放程度。窗户越大,开放程度越大,反之,窗户很小,说明什么呢?

我立即明白过来——说明我一直以来都不太愿意向人敞开心扉。

而在意象中,大理石象征情感的冷漠与缺乏。

可能因为受到太多不能承受的伤害,你的情感被隔离起来。

所以冷漠一些是为了让自己更安全,不易受到外界伤害。

是的。我的脸红了。我的确不是一个热情的人。就连儿子,也常常被我漠视——想到儿子,我又是一阵自责。

和大理石相反的是,木质的易脆的阁楼,应该说明你心里有极度的不安全感。你在体会意象的过程中,曾经用了"小心翼翼"这个词,除了它你还能联想到其他什么类似感觉的词?

嗯,如履薄冰?

很好,这些词带给你的感觉,有没有出现在现实生活中呢?

我没有马上回答。

因为当我说出这个词的时候,我就意识到,"小心翼翼、如履薄冰"正是我生活常态的写照。

干尸,除了表明是你企图在潜意识中有想让母亲死去的意图之外,可能还有别的象征意义。我猜,也许你母亲其实是个对情感极度渴求的人。而你的潜意识也明白这一点,所以,让她成为了干尸。

这二者有联系么?我有些疑惑。

嗯,有联系,我们常说感情似水,我们也常说女人需要情感的滋润。而你的母亲,可能常年缺乏情感之水的滋润,所以在你的潜意识里被固化成了一个干枯的意象。

是啊,我不得不点头,金说得没错。不过我从来没想过这一点。是的,母亲太爱父亲,所以恨也那么强烈。她这一生的确是无爱的一生。母亲其实没有得到过任何的爱。包括我的。忽然对她,我有一丝从未有过的怜悯……

她好像,也很可怜……我嗫嚅着说。

这是你以前没意识到的,是么?金问。

是的。今天是第一次想到。以前，我只顾着恨她，总认为，这世上没有人比我更可怜。我低下了头。

但是你的潜意识先于你的意识洞悉了这些。心理学上说，潜意识永远不会骗人，并且潜意识永远快过你的意识。

意象对话真的很神奇。我有些惊叹。不用我说什么，就已经袒露了内心状况。

金忽然又严肃起来。肖恩，你今天看到的意象不代表是你永远的意象。

因为我们的潜意识随着现实状况的变化在调整。也许下一次，又会不一样。别忘了，它只代表你当下的心理现实。你目前的心理现实什么样，展示的意象就是什么样。如果心理现实改变，意象也会随之改变。因为心理现实总是流动的，变化的。

那也就是如果我的内心状况变好，看到的意象就会好？

当然如此。肖恩，你已经跟随我来到了一个十字路口。打开心房，可能会让你暂时获得情绪宣泄，在短时间内体验到一种释放感。但如果对意象所展示的一切象征意义置之不理，不做修缮，那我们所做的不过就是让过去的伤疤暴露出来而已。

所以现在，肖恩，请你认真地做一个选择：是让你内心的情结固着在过去，比如让你心房的灰尘越积越厚，让"城堡"继续成为封闭、阴冷、衰败的所在，还是继续了解真实的流动的自己？

我抬头看着金，看到他如慈父般鼓励的眼神，还有那包容万千讯息的温暖的微笑。

有那么几秒，我完全沉浸在他的眼神中。但脑中的渴望却清晰无比。我知道，自己应该怎样做。

消除隔离：身体与情绪的关系

又是新的一周。

今天金选择在白天上课。我想，他自有理由。

和煦的阳光充盈在这间空空荡荡的屋子里。这样坐着，尽管屋子里什么也没有，但感觉着秋日温暖的空气，我忽然觉得一切都那么"饱满"而恬静。就像眼前这个屋子的主人，这个眼神清澈的金。

首先，请认真听我说下面的话。在此之前，我要提醒你，请你打消试图用脑中的语言系统"翻译"我所说的话的企图。

"翻译"？

是的，也就是不要启用你脑中的语言系统常用的分析、理解、剖析、阐释、整理等等功能。不要做这些无用功。它们不仅无用，还可能会给领悟制造障碍。你要做的，仅仅是保持在我即将说出的话，带给你的感觉中，保持在其中，并用感觉与我对话。我说过，我们自我探索最好的用具就是信任感觉，而不是任何思维或语言。

不要让你的思维控制你。

放下它，放下所有的思维。有时候，所有的麻烦，都来自我们一刻不停运转的思维。因为它要么会卷走所有我们真实的感觉，要么让我们来不及去感觉。我只需要你去感觉。放下思维，进入感觉，让感觉引领你整个的领悟过程。

我端坐在那里，仔细地聆听着金的话。虽然不甚明白，但没有了先前学习时的焦虑——跟着感觉走,不用理性分析他究竟说了什么,只需要保持在感觉中,答案或许自然就会出现。

看着金光芒闪烁的眼睛,我的脑中忽然浮现"天然"二字——对,这正是他没有说出的但此刻的我感觉到的东西,一种天然的状态。

我决定,牢牢抓住这个"天然"状态,尽管此刻的我,并不知晓它的形状和大小,但我也根本不需要知道。

我停留在"天然"里,伴随着轻微的激动,全神贯注地听着金的讲解。

好的,肖恩,这节课的主题是:觉察,并全然地临在。金的话清晰笃定,回响在这空空荡荡的屋子里。

我们要解决的问题是:消除情感隔离。

了解情感反应模式

人们之所以会情感隔离,往往是源于不想受到来自坏情绪的干扰。这是一种自我保护的方式。也是一种情感反应模式:感觉"被干扰"→隔离情感→于是,"被干扰"消失。

我们每个人,在不断地成长中,自觉不自觉地完成了属于自己的情感反应模式。

面对不同的事情,都会无意识地启用相同的情感反应模式,导致情绪体验的结果也惊人的一致。比如你对待母亲:忍耐——置之不理;对待婚姻生活:忍耐——置之不理;对待孩子的变化,也是如此。

你的情感反应模式在应对不同的事情时,显示出了相同的反应程序:你习惯不对他人的情绪做任何呼应,同时也漠视自己的情绪。形象一点说,从构建"城堡"的那天起,这样的决定就开始了,并每天都在你的潜意识中被强化,在现实生活中不断被重演。

只要有相同性质的刺激出现,潜意识就会自动开启"城堡",隔离你的情绪。说到底,是你的潜意识害怕被坏情绪吞噬所做的抵抗。

所以只有切断这种模式的源头,才能避免悲剧不断重演。

那就是不再畏惧坏情绪的干扰——不再被隔离。

肖恩,请听清楚我要说的:那些负性事件产生的愤怒情绪是你的,但你不是愤怒的情绪;抑郁情绪是你的,但你也不是抑郁情绪。所有情绪都是你的,但你是你自己,而不是你的情绪。你,是比这些情绪更大的一个存在。

也就是说,如果你可以觉察自己的情绪,做自己情绪的观察者,就可以避免被坏情绪吞噬。因为你的情绪是一个"小我",作为观察者的你,是站在这些情绪背后的一个更有力更无限的"大我"。

喜怒哀乐,是人类共通的。因为每个人本身的认知不同,决定了我们对待自己情绪的处理方式也不尽相同。也就是说,解决相同情绪问题的不同模式,是由个人不同的认知导致的。但是,无论是怎样的认知,共同的问题是:情绪,解决不了任何问题,并且它往往衍生出新的问题。

所以对我们而言,最不能回避的问题就是了解内心真实的情绪。

肖恩,请继续感觉我下面说的话。

每一种情绪的产生、壮大都依赖于我们的躯体——情绪用控制躯体的方式去获得壮大。

这样的说法也许让你有些匪夷所思,但事实的确如此。躯体的各种反应为情绪提供了能量。

比如,当你体验"委屈"这种情绪的时候,你的躯体症状可能会是:胸口感觉憋闷,喉咙感觉发紧、被堵住,你想要大声地发泄,但是种种情况不允许你这么做,所以你感觉到了"委屈"这个情绪。对于我描述的这个状态,你能有所体会么?

金停留了一下,研判似的看着我。

我迟疑地点了点头——对"委屈"这种情绪,我再熟悉不过。正像金说的那样,委屈就是喉咙被堵住,想辩解但不能。

好吧,说回情绪与躯体的关系。如果任由躯体反应恶劣下去,坏情绪就越来越充满能量,并反过来进一步强化躯体的不适感。于是,最后的结局就是,躯体完全被情绪控制,感觉不舒服,然后情绪失控——比如你用大哭或争吵使情绪宣泄获得了满足,并不计后果。这就是情绪对躯体控制的全过程。

与此同时,这个过程中,你在哪里?你不见了,已经被坏情绪淹没了——被情绪控制的你,完全丧失了自我。

所以,明白了么,如果你不用一些办法面对自己的情绪,并且学会与它相处,那么越来越强大的情绪就会一次又一次激活你的躯体,从而形成你固定不变的情感反应模式。导致人生状况不断地恶性循环。

我目不转睛地望着金。

我想要去改变这种状况,我要学会处理自己的情绪。我认真地说。

肖恩,如果今后不想再被坏情绪吞噬,那就要明白,从现在起,作为自己情绪观察者的你,是一个"大我",你有能力在情绪这个"小我"控制躯体之前阻止它。

你的躯体因为遭受情绪困扰而感觉不适的时候,给自己一个信号:这是躯体在提醒你的"大我",就好像一个具有观察自己情绪的肖恩要出现了似的,你将开始启动自我觉察机制,用觉察阻隔情绪对身体的控制。

心理小贴士:

觉察我们的身体

身体,是我们最忠实的朋友。灵魂的栖居所在。

它被我们控制。反过来,又用各种伤痛或不适控制着我们。

如果我说,你生气的时候就感觉你的喉咙,你大概很难做到。因为生气的情绪,占了上风,统领了你的整个思维和身体。你没有办法控制情绪,因为你感觉不到自己的身体。

但,如果我告诉你,生气的时候觉察你喉咙的感觉,会让情绪反应速度稍稍放缓,你愿意试一试么?

觉察身体的变化,会让我们从情绪中抽离片刻,尔后渐渐平静下来。

这是一个自我调和的过程,甚至可以说,这是一个修炼的过程。

活着,就是修炼。活着,就要遭受情绪之苦。

所以处理情绪,是一生的课题。

如果,你连自己的身体都忽略,谁都可以忽略你。

觉察，并全然地临在

觉察，其实很简单。就是对自我存在的感知。

在面对一些负性事件带来的不良情绪后，先觉察你的躯体反应，感觉想要挥舞的双拳、发紧发干的喉咙、紧锁的眉头，不适的胃部，等等。

觉察一切在这一刻所有感觉不舒服的地方，觉察它们带给你的感觉，以及觉察这些不适感的程度。

其实对身体的觉察，在我的课程里早就开始了——先前我们在意象对话中说过的觉察呼吸正是如此。当你一旦开始觉察自己的身体反应，反应的速度与程度都会有不同量的减少。例如心跳会放缓，血压会降低，呼吸变得有序，脑波开始回稳。

觉察身体的变化与反应，就会将你从负性事件的感受中暂时摆脱出来，一旦摆脱，自然就会与不良情绪拉开距离。觉察切断了思维，你不再陷入情绪里，于是乎不会产生新的更强烈的身体反应，也就切断了情绪对你身体的控制。

也就是这样的一个流程：产生不良情绪→躯体有不适感→觉察躯体的不适→切断情绪对躯体的控制。

只有这样，我们才会改善情绪隔离的状况。

觉察是一种中断，更是一种关照，关照你的情绪与你本身。我再重复一遍：相比沉溺在情绪中的你这个"小我"而言，觉察情绪并全然地临在于这种感觉的你，是一个更大更真的你。

就是"大我"。或者说一个"自我"的观察者。我说。

是的。我说过,觉察躯体会切断情绪,摆脱情绪控制。这时,你就不再是你的情绪,而是情绪的观察者。所以接下来,观察者要做的是觉察情绪,并全然地临在于觉察过程的感觉中。

面对情绪,只有采取全然安静的临在的态度,才能观察它。

临在,意味着活在当下,意味着活在观察自我的这一刻,意味着接纳所有这一刻我所觉察到的关于我的信息。

比如接纳当下所有的情绪,它是我们的一部分。而接纳的态度,说明了作为觉察者的我们,本身比我们的情绪更强大更包容。只有强大的一方才可以无所顾忌地接纳。对吗?

于是,这个更大的自我占了上风——获得了控制自我的主动权。我不再是我的情绪,我是我情绪的觉察者。我全然地临在于这种觉察的感觉中:我将问自己,我正体会怎样的情绪,它带给了我怎样的感觉?而我怎样面对这种感觉……

因为觉察,供给情绪增长的能量被终止了,情绪也会随之静止或消失,不会有新的情绪产生。

说了很多,现在,告诉我,你的感觉。

金喝了口茶,平静下来,认真地注视着我。

"小我"、"大我"、"觉察",诸如此类的这些词,以前模模糊糊地听说过,但从没有仔细地感受过。现在,我似乎能体会到它们带给我的感觉——一种从未有过的宁静和奇妙,我沉浸在其中,将所有烦恼的现实抛在脑后。

我想我体会到了一些,也许并不完全,我还需要时间。我不能简单地转述或归纳，因为我一直处在感觉你说的话语的状态中，所以宁愿用意象来举例。我说。

金欣喜地点了点头。

受到鼓励的我，闭上眼睛，开始在自己的意象世界里自说自话。

就像我其实很自卑，但我从来不愿意承认。因为我害怕面对这种不好的感觉……

一旦我感觉到自己是自卑的，我会被自卑带来的不好的情绪淹没，整个人都会变得畏畏缩缩。四肢都仿佛变重了，变沉了，有一种"沉沦感"，我好像成了一个行动不便的人。

沉浸在内心世界里的我，说着，声音便开始轻微地颤抖。

感受着"自卑"带来的感觉，有一瞬间，仿佛真的看见了那个不为人知的瑟缩的自卑的我……

如果这时，我能觉察到这种"沉沦感"和"行动不便"感，我就会意识到自己的躯体需要调整。一旦我意识到这一点，我就不再是自卑这种情绪，自卑情绪就会停止淹没我。于是，我从"沉沦感"中解脱出来了，躯体放松了。

总而言之：自卑是我的，但我并不是完全自卑的。它不过是我的一部分。

我长舒一口气。不仅仅是我在努力思考，也是因为有生以来，第一次和别人谈论"我自卑"这个话题。

很好，它是你的一部分，意味着你要承认它、接纳它。有时候，我们的痛苦正是来自于对自我现实的抵抗，对自己现状的不满。

所以,放弃抵抗,接纳现实可能是最好的办法。比如你的现状的一部分是自卑,抵抗它的力量有多大,我们就有多痛苦。一个人企图抵抗自卑,会变得怎样?

会成为一个自大的人。我不假思索脱口而出。

很对,正是这样。越害怕"自卑"带来的情绪体验,越容易使抵抗自卑的力量转化成自大——因为可以用自大来裹藏自卑。

好吧,我全心接纳我的自卑。我说。

我反复在心里咀嚼着"自卑",忽然发觉到我的自卑停止在了某个程度上,不再蔓延了。

"自卑"只是我的一个"小我",而我是站在"小我"之后的那个安静有力的"大我"。

既然"自卑"只是我的一部分,不是全部,那么除了自卑的肖恩,一定还有不自卑的肖恩存在!

用意象对话提升觉察

肖恩,现在你知道了可以觉察躯体和情绪,而后全然地临在于当时的感觉中,于是你接纳了情绪,它和你在一起。但只是在一起,而并没有消失,又该如何呢?

那我就不在意它好了。我想了想。

不在意,就等于不处理。金摇头。

是啊,觉察情绪的最终目的是要处理它吧。我挠挠头,真是头疼,又出现了新问题。十分钟前刚刚获得好感觉,倏忽又不见了。

我们可以用意象帮助觉察的办法,去处理情绪。不过,我们要先谈谈前面提到过的"思维"这个东西。肖恩,你对"思维"怎么看金问。

每个人都有自己的思维方式,就是一种思考状态或是思考方法吧。我回答。

我忽然意识到,在和金学习的过程中,他已经不止一次提到要放开思维这个话题,但每次都没有深入。这次似乎有所不同。

肖恩,你三十五年来对自己状况的所有判断,以及对由状况带来的情绪的看法,都来自哪里?

都来自我的思维? 我嘀咕着。

的确如此。这几乎是所有人的做法。情绪的产生是由于我们思维的过滤——如果有一天发生一件令你生气的事情,假如是孩子再次和别人发生冲突,你思考之后,会得到怎样的行动结果?

我认为我应该好好教训他,带他回家,说不定会冲他发火,因为这种不好的行为让我生气。

也就是说,你的行为是"发火",情绪是"生气",对么?都是思维后的产物,对么?你的思维告诉你,应该有必要发火并教训他,对么?

对,正是这样。我点点头。这好像也没有什么不对的地方——就像金说的,这几乎是所有人的做法。

我的看法是,思维有时候是个好东西,有时候也是个坏东西。金边说边摇头。

因为沉浸在思维中的我们,也就被它控制了——是你的思维认为合理的行为与情绪,难道真的合理么?请注意,处在思维导致的某种情绪里,比如"生气",你还能做出正确的行为或判断么?

也许不能,但是一个人也不能离开思维而存在啊。我有些不解。

是,的确如此,因为"我思故我在"嘛。金笑了起来,戏谑地对我眨眨眼。可是不幸的是,我们必须要承认,有时候正因为人类过度地"我思"而蒙蔽了人类"我"的存在。比如,成年之后,你面对负性事件带来的不良情绪习惯,用压抑的方式去面对和解决,也是你思维后的产物吧。

听他这么一说,我愣住了。

所以,有时候放开思维,可能才是处理问题的好办法。金不缓不慢地说。

可是,思维是可以放开么?我很狐疑。

当然可以,只要你愿意。

我忽然想到金之前的话。难道,就是用意象帮助觉察的办法?

呵呵,肖恩你很聪明啊。正是这样:觉察我们的躯体与情绪之后,意象化它们,并全然地临在于这些意象带来的感觉中。一旦觉察,就阻断了思维,于是只剩下真实的临在的感觉。我说过意象对话是"下对下"的语言。我们要全然相信自己的感觉,顺着感觉走,就可以处理此时的情绪了。

哦,我有些明白了。以前你说过理性语言正是来自于思维。而意象对话使用的是原始象征性表达系统,恰好绕过了语言,这样也就绕过了思维。

金对我竖起一个大拇指。对!很好!现在,我们来进行这样的练习吧。就拿"愤怒"这种情绪举例好了,如果你给它意象化一个画面,会是怎样的?

我闭上眼睛,开始静静体会"愤怒"这种感觉。这对我一点也不难,只要想到母亲或文龙……

"愤怒"。我沉浸在"愤怒"带来的感觉中……

忽然,站在马路这边的我,看见马路对面,站着文龙和另一个女人……

我的血液流速加快了,喉咙干涩,身体开始升腾一种强有力的炽热,我想扑过去,一把扯住那个女人的头发……我停留在那个感觉中,并全然地临在于那个真切无比的感觉中……

刹那间,我的意象出现了!我看见了黑暗中有一堆篝火,正在熊熊燃烧,并且越烧越旺,火光冲天！而我站在旁边,把手中的柴火不断地丢向篝火。每抛过去一根柴火,就会"刺啦"一下迸发出新的火焰。接着,处在"愤怒"中的我一根接一根地丢着柴火,每丢一根,火星四溅,火光冲天,火势也越来越旺,越来越高……

……

我呓语似的将此刻心中的体会,慢慢说了出来。一切都像真的一样……

保持在这个意象的感觉中。你心里有什么感觉?金轻声问道。

我现在很矛盾,一边有一种痛快感,一边又想逃走。

我害怕自己忍不住往火焰里丢更可怕的东西,比如炸药之类的……其实,手里就有一支炸药……我怕火焰会爆炸,然后会伤到我自己。可是我又不想逃走,因为实在克制不住那个往里面丢炸药的念头。

肖恩,我猜,也许你其实很想看看火焰爆炸的一刹那激烈的样子,但又担心会伤害到自己。

对,就是这样,如果站在那里的人,不是我,我就宁愿它爆炸！可的确又是我。该怎么办呢?我深刻地处在那个意象中,越想越真实地体会到一种我的心就要"爆炸"了的感觉！

这是不是"愤怒"带给你的感觉？金用问话,帮助我进一步明了。

对,愤怒的我,简直要爆炸了！

请先停留在这个感觉中,并全然地临在于其中。现在,你看远方的天空,是不是飘来了一大片乌云?

哦,我抬头望去,果然是的!一大朵乌云正缓缓移来。太好了,要是下雨,就尽管下吧。

渐渐地,你开始感觉到一滴水滴,两滴,越来越多……雨,果然开始下了……

啊,我手中所有的东西都快被淋湿了,火焰也越来越弱了。渐渐地,随着雨势的增大,那堆柴火要熄灭了。我叹道。

肖恩,体会一下此刻的感觉有什么变化?金似乎也松了一口气。

我闭上眼睛,细细品味着,刚才发生的这个意象带给我的每一秒钟的感觉。现在的我,有些遗憾,有些疲倦,但是我也体会到了安全感,同时觉得自己解脱了。我说。

雨,还在继续下着,打在你的身上……

我感觉很舒服,轻松,凉爽……

但你的全身都被雨淋湿了。金故意问。

没关系,我感觉我的脑子渐渐清醒了,我解脱了。这才是最重要的。

躯体还有要"爆炸"的念头么?

不,这个念头已经消失了……我不再这样想了……因为火熄灭了……我知道我刚才愤怒过,但是现在,愤怒的力量完全消失了。

我睁开眼睛,一种胸中块垒被粉碎的释然的感觉,慢慢弥散开。

奇妙的感觉戛然停止。我长舒一口气。

忽然,我又看见了文龙和那个女人,他们正朝前方并肩走去……看着他们的背影,我知道,有些事情,即使我再愤怒,也不能阻止它的发生。

　　我知道我有了明显的变化,但究竟是什么,还不是很清楚。我仅仅知道,这些变化,发生在我的内心深处。

与能量融合

肖恩你做得很好。你觉察了你的情绪并意象化了它,然后全然地临在于这个意象的过程之中。平静之后,金鼓励我。

金,今天你告诉我很多我从未听到和想到的东西。我现在很想总结一下你说的话。但应该不是思维的结果,只是因为这样可以让我理顺我的感觉。

好的,你说吧。金喝了口茶,一副洗耳恭听的模样。

是这样的,我舔了舔嘴唇,有些紧张,于是干脆加上了手势,这样让我更自在些——跟着感觉走嘛。

就是这个过程吧:

我产生了不良情绪→躯体感觉到不适→我首先觉察躯体→阻止了情绪对躯体的控制→然后我觉察情绪→用意象来描述情绪→信任自己的感觉,在意象中处理情绪。

金微微一笑。很好,肖恩你看,现在只要你打开心房,勇敢地面对,运用智慧,困扰你的问题就会改变。

虽然还不能完全掌握,但我感觉自己已经开始触摸到一些美好的东西了。

不过,这不是一朝一夕的事情,不仅需要领悟力,更需要持之以恒的勇气与毅力。

金一直温暖地笑着。我凝视着他,忽然感觉长久以来,心里第一次鼓荡起了一种名叫感动的东西。

我不禁轻声说道,谢谢。

金宽慰似的拍拍我的肩膀。我其实也很感谢你。感谢你这么认真地听我说话,感谢你全然地临在于我给你的感觉中。感谢你信任我,并接受我"传输"的能量,积极体会它,与它融合在一起。金说。

从金的家里出来,天黑了。繁星满天,秋风习习,空气中漂浮着熟透的月桂香。

明早又将会有一轮新的太阳。

慢慢向家走去的我,不禁想象着明天清晨,我站在窗前,被秋阳照彻全身。

阳光中,有一个不太一样的肖恩,她是一位认真的雕塑者,决定一点一点修补一个名叫"自我"的东西。虽然现在它仍是满身裂缝,几处破损。但她并不着急,因为她找到了工具。她将体会到裂缝弥合带来的幸福和满足。

临在于这位雕塑者的意象中,我又有了要哭的冲动。

心理小贴士：

不要被"觉察"吓到

精神分析之父弗洛伊德，十分伟大。

一直有科学家批评他不科学。其实，他充满了科学精神。他的科学观是生物学的、还原论的。

同样的原因，对心理学、心理咨询狐疑的人，同样对"觉察"这类的词保持狐疑。以为觉察就是要放弃全部的理性，进入"不科学"的感性世界。

我们常常说，要按照规律办事。潜意识的规律，恰恰就是理性所力有不逮的。

觉察，就是处在自我体验中的自我观察。

我觉察我此时的情绪，将情绪拟人化，把观察者的我拟人化，但不是幻觉化。

常常，我们被自己的评价所误。因为我们的理性一口咬定，我们的评价是对的。

但是，真的这样么？

如果你有这样的疑惑，可以停下评价的脚步，觉察自己内心真正的声音。

五 我要重生

在生活中领悟

周一上班的时候,天气果然很好。

我总忍不住想哼歌,虽然五音不全有些跑调。

我的情绪似乎影响了办公桌对面的李姐。

气色不错啊!她上下打量我。肖恩你是不是有什么喜事?有男朋友了?

我对她莞尔一笑。有了!我说。

哦!李姐赶紧放下书稿,凑了过来。什么样的人儿,说来听听!

我故意拖长了声音,这个人名叫肖——恩——,呵呵,我和自己恋爱了!

咳,尽胡说八道!李姐拍了一下我的头,悻悻然回到自己的座位上。

我说的是真的!我对李姐做个鬼脸。哦,这是不是就叫自恋呢?不过都说女人首先要学会爱自己嘛!

我顺口说着,却被自己的这句话,弄得心下一动。最近总是这样,不经意就说句话吓到自己——潜意识总是快过意识,我想起金说的。可能就是因为这个原因吧。

这倒是的。李姐感慨道。女人啊,就要对自己好,指望别人都没用。

李姐的儿子今年出国走了,家里就剩她和老伴。儿子走远了,两人清闲下来了,结果却三天两头吵架。说到这儿,李姐就开始唉声叹气。

我这辈子,都是为了儿子活的,可他现在跑到十万八千里以外的地方去了,把我的魂也带走了,现在看到我家那老头子,心里就烦。做妈的就是这个命。把所有的感情都给了亲人,唯独落下自己。她经常这样感慨。

哈,我看你干脆也自己和自己恋爱得啦!我打趣说。

嗯,有道理。李姐点着头。从明天起,我只爱我自己一个人,再也不操别的闲心。

肖恩,其实我挺羡慕你的,觉得你真不赖。李姐忽然很认真地对我说。一个女人独自带着个孩子,真挺不容易的,换成是我的话肯定不行,你却没事儿人似的,心态真好。

我对李姐笑笑,心里暗想,你哪里知道我的"真相"——以前那个"心态好"的肖恩,全是装的。那是压抑的"城堡"起的作用。现在,我才真正有那么点"心态好"的感觉。但这期间的心路历程,怎么能与外人道呢。幸运的是,我遇到了金。

等有空,姐真的给你张罗个对象,你看怎么样?李姐说。

好啊!我顺口答应,可又吓了自己一跳——我今天是怎么了?要是从前听到这话,我一定会使劲摇头拒绝的。难道是我的潜意识有了什么"想法"么？

吃过晚饭，时间还早，迪迪的作业也早就完成了。我提出母子二人去散步。迪迪高兴地又蹦又跳。这个也许在别的孩子看来最习以为常的事情，在迪迪看来，却很难得。过去我经常是吃过晚饭，洗涮过后，就蜷缩在自己的世界里，一动也不动。

我和迪迪手拉手来到小区公园。

他荡秋千，我就坐在一旁的长椅上看着他。天还没完全黑下来，夕阳的温暖氤氲在空气中。有风吹来，我慢慢闭上眼睛，什么也不想，只听周遭的声音，感觉着此刻难得的全身心的平静。

迪迪的秋千在吱吱呀呀，晚归的鸟儿啁啾着，树叶在风中沙沙作响，远处有人在说话，而更远处传来了时断时续的车流声……一切，都好安静，我的一切都好安静。此刻，我停留在这"安静"的感觉中，全然地临在于这"安静"的感觉中。

渐渐地，所有的声音都仿似漂浮在一条河面上，趁着水势，它们缓缓流淌，而那条河流，名叫时间……时间在向前，缓缓流淌……一切都随着时间一起，缓缓流淌……

我忽然领悟到，此刻我正在感受的，正是"现在"啊！我感受到了"时间的流淌"，我感受到了时间，我感受到了"现在"的一切都随着时间向前……我正和自己的"现在"一起，活在流淌的时间中。这真是一种奇妙的体悟，它让我浑身一颤！

我觉察到了时间的流逝，觉察到了自己当下的存在，似乎，我和时间融为一体……我不能完全说清这种奇妙的感觉，但这又有什么关系呢,金说过,感觉是不需要语言的。某一天,某一刻,我自会明白的……

我为自己又多了一些领悟而高兴！我意识到,有一些前所未有的东西,正在我的体内悄然生长……

我停留在这奇妙的感觉里。

"现在",我默念。

一种从未有过的深重的慈悲和被关心被理解的感觉,慢慢笼罩过来。我领悟到,此刻,这是"我"在关心"我",理解"我"。是"我"和"我"在一起,或许,它们从未分离。

我悟到这些,激动良久。原来一直忽略"我"的,不是别人,正是我自己。

过去总习惯体验的没完没了的哀伤情绪,就像是个声音在对我说,肖恩你就该哀伤。但是现在,不是这样了,哀伤不是我的全部,我终于感觉到了宁静的接纳——我接纳我自己了。这是一种比哀伤或任何情绪都更大更深刻的力量。

从今天起,我开始接纳自己。

睁开眼睛,看到秋千把儿子越送越高,他的外衣一会儿被风吹开,一会儿又被风吹拢,乍看去,像是一只飞来飞去的欢快的小鸟。

明天是什么日子？小鸟忽然叫道,然后跳下秋千,飞过来,扑到我怀里。

啊,我想想,差点儿忘了！是迪迪的生日！

儿子的小眼睛对我眨巴着,抗议道,你又忘了吧,去年的生日,也是我提醒你的。

妈妈保证再也不忘,好么？望着儿子,我满心愧疚。

再相信你一次。儿子拉住我的手指。

我真不是个好妈妈。我的脸红起来。

妈妈你送我什么礼物？儿子望着我。

你想要什么？我捏了捏他的小鼻子。

我想要的,你肯定不同意。迪迪的神情暗下来。

我忽然明白了。

时间过得好快。我们母子"隐居"已经一年了。期间每次儿子说想爸爸,我都会粗鲁地打断他,呵斥他。可是,那种来自血缘的情感,真的不是我能割断的。我也不该割断。孩子没有错,我不该因为自己的褊狭,剥夺他的父爱。

好,妈妈同意你的要求。我大声说。

儿子吃惊地瞪着我。

我对他用力地点着头。以前是妈妈不好,妈妈太自私了,请你原谅妈妈。

那好吧,妈妈,我也想向你坦白我的错误。儿子也坐直了身子,很认真慎重的表情。你一定要原谅我。他一字一顿地说。

怎么,又打架了？我摸摸他的脸蛋。

不是。有一次,我太想爸爸了,就给他打了电话。后来,他经常到学校接我,我们经常在一起就一起吃午饭了。而且,他也知道我们现在住在哪里,是我告诉他的……对不起,妈妈,请你原谅我,我错了……

不,我一把搂过儿子,你没错,你当然可以见自己的爸爸。这是你的权利。

与前夫重逢

你看上去比我想象得好！这是文龙见到我说的第一句话。

我和迪迪刚走进餐厅，就看见了文龙。他远远地坐在那里，看见我们，立即站了起来，满脸局促和紧张。其实，我心里也很紧张。毕竟很久没见了。

我们相互悄悄打量。

文龙看上去没有我以为的好，似乎有些憔悴。

听迪迪说，文龙到现在也还是一个人。

离婚后，我几乎从不去想他过得怎样。不愿意去想，也不敢想。也许一想到他会过得怎样，我就会生气——我一直以为他会过得很好。于是在心里，干脆把他"隔离"了。当他不存在。可是现在看来，隔离就是逃避。

我们对面坐下，都有些扭捏和拘束，不知该说什么才好。幸好有全不知大人心思的儿子在，悄悄掩盖了我们的尴尬。高兴的他，看看文龙，看看我，兴奋地合不拢嘴。吃了很多，还说个不停，说学校的事情，说我们家的事情，甚至把"我的现实"和我在上课的事情都说了出来。

你在学什么呢？文龙好奇地问。

很难说清楚，类似心理学的课程……我一时哑然。想要简单地解释一下，发现无从下口，因为确实只可意会不可言传。是啊，就像金说的，一旦语言介入，一切都变得僵硬和没意思起来。

反正对调适情绪有帮助。我只好含糊其辞。

上课还是不错的,人会变得充实些。那你周六上课的时候,我可以来陪陪迪迪么？文龙嗫嚅着说。

我愣住了,抬起头来,刚想说不好,忽然看见了他们父子俩齐刷刷投向我的乞求的眼神。

原来,再怎么逃避,因为有共同的儿子,所以尽管离婚了,前夫也依然是现实的一部分啊。原本被我自己紧紧裹藏的生活,一下子被重新撕开了——我真的已经做好了接纳文龙重新回到我的现实中的准备了么？

慢慢来吧。我安慰自己。

我吸了一口气,一咬牙说,好吧,但只是每周六,希望你能理解,我还不能完全适应……

哦,太好了！迪迪高兴得又蹦又跳。

谢谢,文龙的声音低下来。

我转头去看迪迪,没有说话。

有合适的对象了么？文龙忽然问我。

我抬起头看着他。还没有,我说。不知道他为什么忽然问起这个。

现在我要做的事情,是重新认识和完善自己,我要学着接纳自己和过去。其实有些事情,也不全是你的责任,我自己也有错。所以,我要更多地了解自己。我一字一顿地,边想边说。

哦,你变了,变得和以前不太一样了……听我说这些的文龙,呢喃着,眼里闪着从未有过的光。

而我忽地释然了。就在向文龙描述我现在想法的时候,我发现自己已经放下了对他的恨。是的,现在,我所关注的,在于自身。过去的一切,不那么重要了。起码,它干扰不了我了。

离开饭店后,文龙开车送我们回到家。临别时,我们约好下周六晚上在我家见——一切比我想象得容易。

晚上,等兴奋的迪迪终于睡着了,我端着水杯,在阳台坐下。

眼前是万家灯火。

每一盏灯照亮的地方,都有着自己不一样的喜怒哀乐吧。每个人,都是独特地存在于这个世界吧。我也是——我是芸芸众生中的一员,我过去执著于自己的"不幸",只和我自己有关。不能再自怨自艾下去了……

命运真是神奇,谁能想到呢,我的生活发生了这么多的变化。在我就快要崩溃的时候,遇到了金。是的,老天给了我重生的机会,我差点儿就轻率地放过了它。芸芸众生,藏着多少意想不到呢。比如,金,竟然就住在距离我不到百米的地方!

我望着他家的方向,忽然有"远在天边,近在眼前"的感觉。这也许是个暗示,暗示着"一切并不太远"……

其实想起来,我的生活现状一点没变,但心里却不再像以前那么空空荡荡,不再孤单,取而代之的是从未有过的满足感——金帮助我改变的,是我的心理现实。

闭上眼睛,我停留在平静踏实的感觉中。

忽然,"满足"二字,犹如两粒流星,划过夜空,画出两条美丽而又神奇的弧线,在无边的黑幕中,很久没有湮灭……

流淌的时间之河

又是周六的晚上。

刚收拾好碗筷,文龙就叩响了房门。

简单地交代了几句,我离开了家,向着不远处的"学校"进发。

我快步走着,已经有些迫不及待想要开始新的课程了。

我想着自己有好多话要说给金听。

这一周,就像打开了一扇门,我的脑子里总会冒出一些从未有过的体悟和想法,我需要在金的帮助下做一番梳理。

很好,肖恩,关于对"现实"的观想,显示了你具有很好的领悟能力。其实,有些看似"高深玄妙"的理论,并没有人们以为的那么复杂那么难。掌握可能就在一念之间。

我磕磕巴巴地向金描述那个傍晚,自己觉察到"现在",以及之后那些纷至沓来的联想。说完后,金不断地肯定我。

肖恩,你觉察到的"现在",就是"当下"。

我们个人的历史,正是由无数的当下所构成。经常保持对自己当下的觉察,或许才可以清楚地把握自己的历史,了解自己心灵的来龙去脉——否则,就像有些人经常推诿说,不知道为什么自己在那个时刻就做了那样一件事情。

只要保持对当下的觉察,没有什么是可能"不知道"的。

现在,肖恩,我希望你能重新回到那天的感觉,再次体验并强化,对它有更深一步的了解和掌握。

我深深地吸一口气,闭上眼睛,开始回忆那天的情况,并像那天一样,静静地聆听周遭的声音……

好静。我慢慢深入到内在的感觉中,仿佛此刻,自己就是浮世的中心……

我听见金和我自己的呼吸声。

呼吸。呼,吸。

我聆听着我们不同频率的呼吸声,感觉时间在我们的呼吸声中,悄然过去……我再次感觉到,时间的存在……

我沉浸在感觉中,慢慢地意象开始浮现。

我站在一条河岸边,这条河叫生命之河,它正慢慢流淌着。

此时此刻,无论我在恨,在爱,无论有怎样的情绪体验,或张皇或淡定,都不能阻挡它的流淌,生命兀自流逝……

深入下去……

慢慢地,我不再站在岸上,不再是旁观者,我坐在一条小船上,船的名字叫"当下"……

我和"当下"一起,顺着生命之河,向着未来流淌。

我回头看去,看见过去的每一分每一秒,悄然成为再不可挽留的"历史"。

而向前看去,未来的每一分每一秒,在不远处等待着我。

当我感觉到它们的同时,它们成为了新的"当下"。

然后,我向前,它们又成为"过去"……

过去的每一种情绪、每一个念想、每一次呼吸,都在生命的流逝中成为历史。

未来的每一种情绪、每一个念想、每一次呼吸,都是"当下"即将到达的地方,它们等待在下一秒,由未知变成已知,成为当下。紧接着,成为过去……

我的历史,是由无数的"当下"创造的……

生命之河,使得过去、现在、未来,清晰地联系在一起。

过去不再邈远,未来不再虚幻,它们就是无数个真实的"当下"的存在。而我,正与自己的"当下"在一起……

我在感觉中游弋,享受着它带来的宁静、清朗与通透。

很久,才慢慢"回到"金的对面,"重新"坐下,好一会儿说不出话来。

似乎,我越来越享受觉察和意象带来的情绪体验。似乎随着这种全新的奇妙的感觉的出现,我也在悄然变换一种看待人生的方式。

这次的觉察,和上次觉察情绪有什么不同?金问我。

很大的不同。我沉思片刻。

同样是觉察,当我觉察生命之河,觉察那一刻——我站在岸上看生命之河流淌,有种奇怪的感觉——生命是静止的,与我无关的。或者说,无论时间怎样流逝,都与我无关。

而当我觉察"当下",一切又开始流动。我与"当下"以及生命之河,一起流动,我们成了一个整体。

而当我体验到这个感觉时,画面又静止了,作为观察者的我,又出现了。

就是说,看似两个不同觉察者的我——

一个坐在船上,随着时间流动。一个站在岸边,看着眼前的河流。

前一个是身处当下的我。另一个是更无限的我,觉察着前一个我的觉察者。

在觉察者的感觉里,我体会到了内心的无限。而这无限,好像就是心灵的自由。

我似乎不用固着于过去,因为未来是由现在的每分每秒构成的。

因此,我有什么理由不安心地活在当下呢!

听我说到这儿,金不禁击掌,太好了,肖恩,你的意象与体悟正印证了那样一句话:脑中没有障碍,才是真的自由。

障碍?

是的。很多时候,我们的障碍,正是来自于对自己的历史,自己心灵的来龙去脉的懵懂不知,来自于我们对过去的沉湎或者对未来的焦虑。

我们压抑与隔离的,不是别的,正是许多我们不愿意面对的"当下",也就是现实。

这些"当下"可能包含一些我们必须承担的义务、坏情绪的干扰,或者是某些突发事件带来的无能为力感,等等。说到底,就是不愿意直面"当下",直面现实。

殊不知,糟糕的"当下"转眼就成了混乱不堪的"过去",而这样的"过去"又影响着我们对下一个"当下"的判断——我们的困扰不是来自现实,而是被过去和未来耽搁了。周而复始,恶性循环。

其实,过去的永远过去了,未来是希望。我们能够抓住的,只有真实的当下。

就好比一些离异者,比如我,老是沉浸在对过去的回忆中,但由回忆带来的痛苦情绪,却是"当下"在承受着。因为"当下"受到了"过去"的干扰,所以我还是依旧活在糟糕的过去,而不是现在。是这样吧。我揣摩着。

很对,正是如此。

我们很多坏情绪的产生,正是因为我们"活在过去"。"过去"因为坏情绪的作用而无比强大——我们任由自己的坏情绪不断去强化它,使得我们不能清醒地活在当下,不能很好地看清现实。

可是,金,我有个问题:我们的过去的确有一些事情不那么容易忘记,不那么容易放下,这是不可抹杀的事实啊!

活在当下,并不是就要忘记过去。

接纳自己的过去,直面自己的现在,这二者并不矛盾。

但我不打算用更多的理论去说明这点,这样就又拘泥在理论的世界。肖恩,你既然已经领悟到感觉世界的奥妙,那么,现在,你可以用感觉去观想刚才的问题,看看接纳过去,活在当下的心态,究竟会让你遇上怎样的意象世界。

意象世界?

是的,肖恩,请你重新回到"城堡"吧。

金朝我一挥手,那座城堡忽地出现在我眼前。

看着这座"城堡",我想,它会带给你想要的信息。

在意象里觉察

我凝视着这个陪伴我多年的城堡,看着那一块块阴冷的凹凸不平的墙砖,忽然明白了金的话。

正是因为有那么多不愿意面对的让我感觉不快乐的"过去",才有了这座让我自怜的城堡啊———一切,就从直面这座城堡开始吧!

过去,那些过去。

我仿佛又听见了母亲一阵高过一阵的咒骂,体验到儿时那挥之不去的阴霾似的孤独与忧郁,仿佛又回到得知文龙出轨时的震惊与哀惧,还有那长期的深重的被抛弃感——人生中,总是我被抛弃。被父亲抛弃,被文龙抛弃,更被母亲抛弃,被她的爱抛弃。我的过去,就是一次又一次的"被抛弃"!

后来,我打算抛弃自己。我把自己裹紧,压抑真实的自己,以抵御"被抛弃"……

这些,就是我的过去……

我站在城堡面前,有愤怒,有心悸,更有一阵阵的幽深刻骨的悲伤。我体会着每一个不堪的过去的存在。它们仿佛有形状和重量,就排列在我的眼前,正以砖块的形式。原来,长久以来,正是它们慢慢垒砌了我的"城堡"……

在这个生动的意象世界里,我伸手去触它们,触着一块块冰冷的墙砖,感受着一阵刺骨的凉意,直抵内心……我的"过去",究竟用了多少"被抛弃"搭建了这样一座看似坚不可摧的城堡啊!

我流下泪来,沉浸在不可抑制的哀伤中。

冥冥之中,我感觉到金的手轻轻抚在我的背上,就像在传达某种力量。

许久,我才慢慢归于平静……

它们都是过去的事物,不是么? 它们不是你的当下。

我轻微地点头。我心里知道它们都过去了,可是想到它们就是会忍不住难过。

不仅要让你的头脑"知道",更要让你的内心知道——接纳这些让你难过的过去吧,它们的确就是你生命中的一部分。但,不是当下的存在,是被"当下"这只小船,丢在身后的那部分。接纳它们,目送它们,才能让自己放下,才能从过去中解脱,不让过去干扰当下。

就像你说的,如果你是觉察者,那么一切都是静止的。这些"过去"也是静止的。如果你选择放弃活在当下,重新活在过去,那相当于,你为这些坏情绪的继续存活又提供了能量。它们蔓延、壮大,因为这是你的选择——你放弃了"当下",只愿意停留在"过去"。

所以,当我忍不住受到"过去"干扰的时候,我就以觉察"当下"来面对,是么? 我轻声问。

是的,觉察当下,意味着对过去的中断。它们的负性能量停止扩张,停止吸收更多的能量,也就停止了对你的干扰,起码,不会产生新的干扰。

这就是人们常说的"过去的,就永远过去了"——我有些明白过来了。

对，只要我们愿意，一些"过去"将永远滞留在生命之河的那端，成为历史。但首先，我们必须承认它们的存在，接纳它们的存在，而不是压抑或躲避。压抑只会增加"过去"的力量——压抑就像是给你的时间之河建起了一道大坝，时间久了，会怎样？

会决堤，失控，洪水冲垮大坝。

对，于是，你的过去就会像洪水一样滚滚而来，冲击当下，冲垮未来。从此人生成了汪洋泽国。

我打了个寒战。仿佛看见了那个可怕的场面。

接纳过去发生的一切吧，肖恩！金忽然大声说。这将是你的自我觉悟之路的一大步！

我坐直了身子，看着金。他瞪着我，前所未有的严肃。

接纳一切——接纳你的过去，接纳你的当下，也做好准备，接纳一个清澈而充满积极能量的未来！

在意象世界里接纳

　　肖恩,金对我眨眨眼睛。还记得城堡里的那具干尸么?

　　我茫然地点点头——它和接纳之间会有什么联系呢?

　　当它出现的时候,你的反应是惊恐、抗拒,想逃走,对么?

　　金说的时候,我忽然又看见了那个画面。想到它竟然是心中对母亲憎恨之情的化身,我不由地又感到了沉重的罪恶感。

　　现在,让我们来扮演一下,看看身为僵尸是什么感觉。金呼啦一下站起来,比划着,不由分说竟然很快摆出了僵尸的样子,腰板挺直,两只手臂直直地向前伸着,板着面孔,瞪着我。

　　我目瞪口呆地看着他,觉得他又滑稽,又怪异。

　　肖恩,不要笑,快点站起来!要感觉自己的四肢都很僵硬,只能这样行动。做着示范的金竟直直地蹦了两下,就像电影里的那种"僵尸"走路的样子。

　　我忍住笑,也学他的样子。

　　你感觉到了什么?

　　我四肢仿佛不能动似的,上下地蹦着。很不舒服,被束缚的感觉。

　　再仔细体会,什么样的人会有类似僵尸这样被束缚的感觉?

　　啊,我又蹦了两下,忽然心里一惊,天呐,是压抑自己的人!

　　对。金马上换了一副面孔,甩甩胳膊,一屁股坐了下来。不压抑的感觉真好,他笑着对我露出一口白牙。

　　压抑,其实就是不接纳。那天看见僵尸之后,我对你说了什么？

你让我盯着它看，说它会转变。

是的，盯着它看，就意味着——接纳。

我愣在那里，回味着当时的场景：我看着这具僵尸，颤抖着。后来僵尸慢慢变成了母亲的尸体。

所以同样的，我想让你在意象中，继续感受接纳过去的力量。

回到那天的状态吧。

我站在母亲面前，但她已经死了，而我依然颤抖，只是没有上次那么强烈……

肖恩，请你看着她，持续保持对她的关注，不要理会她带给你的感觉。

不要理会？怎么可能呢。这可是我母亲的尸体啊！

我的脑中一下子纷呈了很多的杂念。她真的死了？她死了，我又会怎样呢？我竟然恨她恨到了用意念杀死她的地步！我开始恐惧，为了内心深处隐藏的弑母想法……

持续对她本身的关注。耳边又响起金的话。

很难啊。我呢喃着。

你可以做到，因为现在的你已经具有关照的力量。

关照。这句话忽然似一道光线。

我知道了，看着她，接纳她，意味着我具有了接纳过去的力量。我忽然明白——恐惧是我的，但我不是我的恐惧情绪。

而之前无能为力的我，只有把对母亲的恨藏在我不知道的地方。是的，我已经踏上觉悟之路，我不能再让"过去"干扰我！起码在我的心里，在我心房的意象中，我不能再被"过去"干扰！

我鼓起勇气，站在那里一动不动地看着她。

慢慢地，母亲似乎有了呼吸！天呐！

但我还是一动不动地看着——她慢慢睁开眼睛了！只是一副很虚弱的样子。

我望着眼前活过来的母亲，一时间不知所所措，既忐忑又不安。

不知过了多久，你走吧，母亲对我动动手指头，让我休息一下，她竟这样说！

我转过身，颤抖着走出去，带上房门。

太不可思议了！我惊呼道。

金微笑地看着我。

我以前说过，语言具有欺骗性和掩饰性，并且语言常常会成为思维的帮凶——人类正是依靠语言去思维，有时候越思维越混乱。一个人不能控制自己的思维，就要被思维卷入。所以，绕开语言的意象对话也就绕开了你的思维。它将内心的真实感受直接展现在眼前，不用解释，只要跟随意象带给你的感觉。并且，因为你的心理现实有所好转，反映心理现实的意象也就会发生变化，一切都那么自然而然。

只要你能了解自己的心理现实，学会面对和调整它。

但是，真的有那么准确么？我是说，这个意象的变化，真的代表我心理现实的变化么？

问问你自己此时的感觉好了。

哦,看见她活过来,我的确感觉舒服多了。她苏醒的那一刹那,我的很多杂念就都消失了。

如果她没有苏醒,你会怎样?

那还是会有很多想法吧,我指那些我无法控制的杂念。但我还是怀疑自己是否真的有了变化——因为我感觉对母亲的恨太深太久了。

为什么不愿意相信这个转变的过程呢?为什么宁愿要活在"我感觉"的世界里呢?难道你不认为,我们有时候就是被"我感觉"欺骗了么?

我明白了,我感觉很不快乐,我感觉我很自卑,我感觉我恨母亲……是啊,有时候我们的生活就是处在"我感觉怎样怎样"的状态中——这其实还是我思维的产物。

这些都不是真的感觉,只是你需要给自己贴的标签,一种身份认同与理性分析混杂后的结果。你的思维告诉你:你应该恨母亲。

真正的感觉是自然出现的,它骗不了自己,这种感觉直接主导我们的行为。一旦感觉改变,我们的行为也会有所改变。潜意识的力量远远超出意识的力量。在意象对话中,特定的意象,具有特定的象征意义。这个象征意义直指你当下的心理现实,也就是你潜意识中的意念。肖恩,城堡里的僵尸并不是你母亲,对么?

当然不是。我连连摇头。否则,我真成"杀人犯"了。所以她"活过来"后,我的罪恶感也消失了。

她其实象征着你潜意识里长期积压的对母亲的恨，说直接一点，她是你情绪的一部分。

我的一部分情绪？

是，就像我说过的，憎恨是你的，但你不是憎恨。对么？所有的情绪都是你的，是你的一部分。只是你不是情绪。你是更大的更自由的你，对么？

我点着头。一切仿佛像张开口的不完整的圆，但金正慢慢地让这个圆渐渐弥合。

这个无限自由的你，必须接纳所有的你，对吗？

我点着头。所以，我接纳我对母亲的恨。我接纳我的母亲——我接纳她给我带来的所有感觉不好的过去，因为我的心理现实中有了"接纳"，所以意象中原本压抑所致的死去的母亲，重新活了过来……我恍然大悟。

你看，意象对话可能比什么大道理都管用呢！金像个孩子一样得意起来。如果我用理论分析、阐释有关接纳的道理，你会这么快领悟么？

我耸耸肩。的确，我一直都讨厌被别人用大道理"教训"。

接纳，意味着你更强大，更有力量，对么？金收起得意，很认真地说。

我点点头。的确是这样。刚才我感觉到了这一点。

接纳，意味着允许事情自然地发生。一旦接纳，就不会再压抑。相反，压抑只会让你情绪的负性力量越来越大，就像洪水决堤。

而接纳就是疏导。

对。肖恩,你已经了解自己的过去,也感受到了自己的当下,所以你要做的,就是接纳过去,接纳当下,接纳"城堡"里的一切。

我忽然想起关于"强者更宽容"这句话。

我接纳自己的脆弱、哀伤、无助,是因为我具有包容的力量。原来那些暴跳如雷武力相欺的人,可能才是最脆弱无力的。因为,他无法面对自己的脆弱无力。

肖恩,我也要提醒你,金说,警惕你此时的好感觉,可能会稍纵即逝。因为你的情感反应模式已经太久了,几乎是痼疾。粉碎它,也许没你想得那么快。它会有反复的过程。

我的心头一凛。

一旦有感觉不适的时候,用意象随时保持觉察。我快速回答。就像容不得自己迟疑。

是,与此同时,还要更深地了解自己。金正色道。比如,找到建造城堡的第一块砖。那就是你情感反应模式的源头。不过,那可能是个漫长的过程,需要你的毅力和坚持下去的勇气。

心理小贴士：

"我感觉"的世界

我们对所有事情作用于自己而产生的情绪,有多少洞察力?

我们对自己意愿的自由度,又有多少洞察力?

可以提供一个思考的思路:当我们对行动进行自我预测时,会自动检索过去相似事件中我们的行为,于是"我感觉"怎样怎样的结论,就会浮现在我们的思维里。

其实,我们就生活在"我感觉"的世界里。

这其中的"我感觉",并不是真正清晰的内心感觉,而是我们理性自以为是的判断。

我们活在自我评价的世界里,"感觉"自己无所不知。

我们对思维的结果比对思维的过程要知道得多。对我们为什么会有这样的"我感觉",一无所知。

在这里,我不是在反驳理性和思维所给予我们的一切。而是想强调,对于我们内心深处、意识之下的那片黑暗海洋,理性和思维无法给出明晰的答案。

就像艺术家,无法用详细的理性语言去描述自己的灵感。有意思的是,理论家似乎显得比艺术家更了解创作的经过。

但其实真是这样么?

如果,你也有"我感觉",请在每次给出"我感觉"的定义之前,问问自己:

第一,为什么我有这样的感觉,而非那样的感觉?

第二,当"我感觉"时,情绪是怎样的?

第三,有时候,对待相同的事情,"我感觉"会不会完全不同?为什么会这样?

脆弱的好心情

上节课结束后,我时不时地提醒自己,要处在一种安静的状态,或者干脆说是警惕状态——这些天,我一直沉浸在觉察与意象带给我的了悟的好感觉中,因为我知道,这个好感觉对人生而言,弥足珍贵。

我想要尽自己最大的努力,留住它。让它在我的生命里生根,发芽,成为一棵枝繁叶茂的参天大树。

就像金说的,一个人这么多年养成的反应模式,很难改变。我只有时刻保持对自己的觉察。虽然这样做,实在是有些刻意。但是有些事件的发生,都有从刻意到自然的过程吧。

周一刚上班,就迎来了"考验"。

一位一直由我负责的作家,忽然改由小黄负责。张副社长告诉我的时候,面露难色,说他也没办法,这是作家本人的要求。我打电话给这位作家,他吞吞吐吐,顾左右而言他,就是不愿意告诉我详情。

放下电话,我去找了小黄。小黄见到我,倒是十分镇定,解释说这件事她也很意外。她提醒过那位作家,这样做不太妥,但是作家执意要这样,她也没办法。

肖姐,这对你来说应该没什么吧,你最近不是和那位心理学家打得火热么,应该忙着呢吧,这点小事应该不会在意吧! 最后,小黄竟然这样对我说。

我哑口无言,被噎在那里,半天说不出一句话来。

从小黄那出来,我慢慢向自己的办公室走去,心里只有一个念头:要忍住,要忍住!

无所谓的!我对自己说,就当什么也没发生,绝不能让别人看笑话!绝不能!这样想着,心里似乎舒服了一些,我努力做出微笑的样子,走进办公室。

算了。刚坐下来,李姐就劝我。事已至此,你生气也没用,下次多长个心眼吧。

嗯,我知道。我对李姐笑笑,就像没事人儿一样,重新将头埋进眼前成堆的书稿里。

李姐看看我,没再说话。

一整天,就这样"若无其事"地过去了。

可是当晚上下班后,我走出出版社的大门,再也硬撑不下去了……

委屈、愤怒,霎时间统统涌上心头……

不仅因为现在是出版社改制的敏感时期,更因为这么多年来,为了这位作家的作品,我费了太多的心血。

记得他第一次来出版社的时候,捧来的书稿,错字数不胜数,文理不通,叙事逻辑也有硬伤,但因为我看到他那少有的灵气,在别人都说要退稿放弃的时候,我硬是坚持下来,一遍一遍地和他讨论,帮他修改。果不其然,他的第一部作品一炮而红。现在,他的书已经是我们出版社在市场上最畅销的作品之一。

就在这几天,我还在认认真真地准备着他的系列丛书,可是没想到……

往事一幕幕浮上心头。越是回忆，越是生气。

实在没想到，这个家伙如此"忘恩负义"！他有今天的成就和名气，其中不知有多少我默默的付出！这么些年，我一直勤勤恳恳地在为他作嫁衣裳！但我们之间的合作根本没有任何硬性的协议。所以他要换人，我一点办法也没有！反正对出版社而言，不存在任何损失！

究竟为什么要这样对我？为什么？

想起小黄那得意的眼神，我更是气不打一处来。为什么人和人的命运就差那么多呢，这个小黄的脸上简直就写着四个大字：坐享其成！我呢，辛辛苦苦换来的就是这样的结局？

太不公平了！我在心里大喊道。

走在车水马龙的马路上，眼泪一直在眼眶里打转。为什么我就这么倒霉呢！为什么我什么事都不顺呢！我漫无目的地走着，心里空空荡荡，忍不住一阵阵的难过。脑子里总有个声音挥之不去，并不断重复：这么多年了，肖恩，为什么你活得这么惨……

好惨。好惨。那个声音不断地说。

随着那个声音，我的眼前慢慢出现一幅幅熟悉的画面。父母吵架。父亲离开。咒骂的母亲。出轨的文龙。甚至，我想起这三十五年来，竟然没有一个可以将心事和盘托出的知心朋友！也许，人人都讨厌我，我是个人人得而厌之的人……

我一边走，一边抹着眼泪。心情差到极点。

为什么我的世界变化得如此之快，昨天还一切都很好，现在，一切都那么糟糕。

好心情来之不易，毁掉它，同样轻而易举！

不知过了多久,我发觉自己竟站在金的楼下。难道我想要去找金么——我可以么?

金会不会其实也很讨厌我?一个声音忽然问我。

现在还没有……另一个声音很肯定地回答,但保不准有一天,也会讨厌的吧……还是前一个声音。

为什么呢?

谁知道呢,也许因为你天生就是一个让人讨厌的家伙!

两个声音在一问一答。

忽然,金的话响起来:肖恩,你要警惕!

我倒抽一口凉气。这也太巧了吧,此话言犹在耳,今天就发生这样的事情,一切简直就像是他设计的样子,好来证明我被他说中了!

各种复杂的情绪混合着,从心底深处不断地冒出来,我意识到一个问题:就像金所说的,我长期养成的情感反应模式,果然是一个痼疾。

前几天的好感觉,是因为根本没有什么事情能触及到我的情感反应模式。而今天,发生了这样一件意想不到的事情,又使我看见了自己的问题——在众人面前,我又毫不犹豫选择了压抑,因为怕被别人笑话——这是我长期以来的做法。于是我毫不犹豫地把自己真实的情绪又埋在了心里。也就是说,我的好感觉压根靠不住!因为"理论"没有落实到"实践"上!这说明什么?天呐,我在问自己。

这说明你这么多天的课都白上了!一切都前功尽弃!一个声

音很清晰地回答。

　　警醒的羞愧，完完全全替代了愤怒，我转身往家走——我决定试一试，自己救自己。

相信这个过程

整整一天,零零碎碎的念头在脑子里此消彼长。

做完所有的家务,安顿好迪迪,我给自己留下了"成长"时间。

首先,我开始觉察躯体,觉察不适感。很明显,咽喉部位在隐隐作痛。我感觉着疼的地方——咽喉像被一团干涩的棉花堵住了。咽喉下方像有一团小火在暗暗地烧着。"口干舌燥",全然地处在觉察感觉中的我,忽然冒出这四个字来。好吧,顺其自然,我决定接纳这个"口干舌燥"。

我给自己倒了一杯凉开水,咕噜咕噜喝了一大半。咽喉到胃部一片凉意。我觉得舒服多了。

我努力让自己试着延长这份"凉意"——镇定,开始尝试觉察自己的情绪。

"受伤害"的情绪是我的,但我不是"受伤害"的情绪。说起来容易,感觉起来就没有那么简单了,还是有些障碍。我干脆放任自己的思绪,用自由联想的办法。

过去那些让我难过的画面,不由自主地一帧帧浮现出来。我意识到,我生气的力量之所以这么强大,是因为认定了伤害我的人,不仅仅是那个作家和小黄,而是长久以来的一大堆人。是啦是啦,我承认啦,每次在生活中体会到"被伤害"的时候,都会这样,一件事情引发的坏情绪,总是能牵拽出一连串与产生这样的坏情绪类似性质的事情来。于是一个"受伤害"成了一串"受伤害"……

好吧,这件事情仅仅是今天发生的,与过去无关,对吗？

是的。

和过去的那些完全没有关联,对么？

完全没有关联。

那为什么这件单一的事情,让你有"总是受伤害"的感觉呢？

好吧,那是我的情绪反应模式体验到的情绪,把它们串在一起成了一个整体。它们叠加在一起,组合成我不能抗拒的负性情绪力量。我承认,刚才的我,感觉全世界都在伤害我。

其实不是这样的。

当然,完全不是。起码今天不是。

难过的情绪终于从心中褪去大半——我终于不需要再和我认为的"不公平的命运"作战了,这让我轻松多了。今天这件事情,没那么复杂。这就是人们常说的就事论事。我在心里总结着。

悲伤的迷雾散去,我看清了"真相"——我现在的难过只和今天的具体事件有关。不过,陈旧的情感反应模式差一点把我拖进了混乱的思维。

因为坏情绪的干扰,使我分不清"过去"与"当下"了,"过去"的力量太强大,虽然看似我是在为这件事情难过,实际上,还是因为固着在"过去"而难过。现在只要身处"当下",我就可以从"过去"中解脱了。

恢复平静的我,终于有了"拨开云雾见青天"的感觉。

但不可否认的是,即使我从"过去"中获得了解脱,当下的"受伤害"的感觉还是没有完全消除。

我开始尝试着意象化当下的情绪。

不着急，自由地展开联想。金的话仿佛就在耳旁。

不要语言，只要全然地临在于这个感觉中。

我回忆着今天发生的事情，细细品味它带给我的感觉。

慢慢地，眼前出现了一片广场，一个小女孩在牵着一只飞得很高的风筝。风筝又大又华丽，是小女孩亲手做的。小女孩一直将喜爱的目光投注在这只风筝上，但风筝却在空中，仰望着更高更远的地方。风猎猎地吹着，小女孩信心满满地抓着手中的线，自我感觉好极了。在她看来，一切都在她的控制之中。

这时，来了一个年龄更大一些看上去更健康结实的女孩。把线给我，大女孩很直接地说，并一把夺过了风筝线。请飞得更高些吧！大女孩喊道。她快速地放着线——但在小女孩看来这是非常危险的举动。

但风筝快乐地扇动着翅膀，向蓝天更深处进发，看都不看那个伤心的小女孩一眼……

……

我睁开了眼睛，回到现实中。一切在意象中昭然若揭。我的潜意识用象征的手法，生动准确地帮助我解读了整个事件。

大女孩和小女孩，是的，她们象征心理力量的大小。一直以来，看似没心没肺的我，其实都在小黄面前感到自卑，她年轻、漂亮，经济条件比我优越，表面看为人处世也比我洒脱大方。所以在意象中，她成了大女孩，我反而成了孱弱瘦小的那一个。

那个高高飘扬的风筝的象征意义，更是不言而喻。一直仰望天空的更高处,想起来正是这位作家一直以来给我的感觉。只是,我从没细想过。这么多年的合作,他也许感谢我,但是没有我,他的才华迟早一样会让他收获成功。甚至,因为我的严苛、谨慎,或许让他认为受我管制与拖累。

好吧,就让这一切结束吧。事已至此,过去的永远过去了,我只有接纳,并活在当下。

风筝交在大女孩的手上,她们看上去都很快乐。小女孩默默转身,认同这个现实,风筝不再是她的了……

我站起来,长舒一口气。

妈妈,你醒了?天呐,儿子忽然坐在我的身边!我再一次沉浸在自己的世界里,忘了周围的一切!

我身上还披着一件衣服,是儿子的!

谁说我一无所有,眼前这个懂事体贴的孩子就是我千金不换的宝贝。

我一把搂住了迪迪。

过了几天,作家打来电话,结结巴巴向我解释缘由。因为小黄老公的传媒公司打算将他的小说改成剧本,拍成电视剧。所以,才会有了这样的变故。肖老师,真是对不起。他说。

算了,我回答,站在你的立场想想,这样做也有道理。不过你要是能事先和我说一下,那就更好了。

实在不好意思。他说,这样吧,我有个写推理小说的朋友,这段时间他写的东西在网上很火,明天让他去找你,你帮他指导指导,可以吗?

可以啊。我一口答应。

又要作嫁衣裳？挂了电话，一个声音问我。

这本来就是我的责任，也是我当下的一部分。我平静地回答。

心理小贴士：

请在最强烈的感觉处停留

当有人让我帮他释梦，我总会说一句话：请你停留在这个梦带给你的最强烈的那个感觉上。

在梦或意象对话等潜意识活动中的某种意象，给我们带来的最强烈的感觉，就是我们最需要明白的地方。

我为什么会有这样的意象？

之所以难以忘记这个意象，不正是因为它带给了我强烈的情绪感觉么。

其次，那个感觉，让我能联想到现实生活中的哪个场景呢？

虽然现实和梦中的场景不同，但赋予的情绪感觉一定相似。

于是，在那个现实场景中体验到的情绪，被压抑在我的潜意识中。潜意识自由地排列组合，用另外可能是匪夷所思的场景，将那个感觉重新描摹并唤醒。

释梦或者意象对话，就是这么简单——只要你闭上眼睛，将感觉停留在最强烈的感觉部分，自由联想，打开潜意识世界与现实世界之间的通道。

于是，某个真实的现实一幕，被你洞察。

就是它，被潜意识演绎成了梦中的意象。

退一步海阔天空

一切如常。

当我走进办公室的时候,就意识到了这一点。

昨天在内心深处刮起的那场风暴,我只能称它是属于我自己的心灵风暴,整个过程中的刮风、下雨、电闪雷鸣、风平浪静、重现彩虹,一切的开始或结束,都只与我有关。和周遭的任何人、张副社长、李姐、小黄、其他人,都统统无关。

是我的种种情绪体验主导了这场风暴。

它带来的所有感觉,都只与我自己有关。

我的风暴丝毫不会影响任何人的太阳每天照常升起。

所以,别人阳光依旧,我却阴雨靡靡,这岂不是很傻——迈进办公室的时候,我这样自我解嘲。打起精神来吧!

不容我多想——新的书稿,一部长篇推理小说,果然在办公桌上静静等着我。我拿起来,读了几页,发觉在这堆看似纷乱的文字中,闪烁着独特的光芒。而这光芒,让我彻底抛下了之前所有的不愉快。好吧,看来在接下来的几天里,我都会认真地判析这个推理小说。这让我又有了可以重新沉浸在工作中的愉悦——也许,这就是我在职场获得的最大收益,付出那么多,就是为了得到这个可以享受工作的感觉吧。

我和那位"叛逃"的作家扯平了。

有些事情想开了,就好了。中午休息的时候,李姐如是对我说。

肖恩,你可比我以为的还要大度。赞你一个!她对我竖着大拇指。

我笑着摇摇头。

其实,外人都看表征。昨天我是装得若无其事,没人会知道当时我心里的那场"心灵风暴"。今天的平静,才是真的吧。好吧,我接受她的夸赞。

总要面对现实啊,事情过去就过去了,做好自己的分内事吧。我这样回答李姐。

是啊,每个人都这样的话,不知道会少多少麻烦。李姐点头道。

时间,在享受工作时,倏忽而过。

过去的,就让它过去吧。

快下班时,电话响了。竟是文龙打来的。

今天,你能带着儿子到我这里吃晚饭么? 他在那头说。

我犹豫起来。看这个架势,作为孩子他爹的文龙,真的"回来了"。但是,我真的做好了迎接他"归来"的准备了么?沉默片刻,想到我的宝贝迪迪知道了这个消息,一定会高兴地一蹦三丈高,我只有同意了。

总要面对现实——既然文龙是我孩子的父亲,那么就仍然是我现实生活里的一部分。

又是花和昆虫

很久没吃爸爸烧的菜了。儿子高兴地嚷着。

看着满桌丰盛的菜肴,知道文龙为了这顿饭,做足了精心的准备,所有的都是我们母子爱吃的。迪迪高兴得连爸爸做菜就比妈妈做的好吃这样的话,都说了出来。

倒也是的。文龙其实比我擅做家务,不仅烧得一手好菜,更是一个"热爱生活"的人,对生活中的很多细节都十分讲究。比如现在,我环顾着他的屋子,发现虽然他独居,但房间收拾得整齐干净,花鸟鱼虫也一样不少。而我在这方面,一直都粗糙得多。

饭后,儿子去看动画片,文龙收拾碗筷,什么也不要我做。

站在一旁,看着忙碌的他,我有些感慨,这样一幕温暖的"家庭剧",我已经好久没有"参演"了。即使在离婚前,我们也很少有这样"和谐"的时候。也许是现在彼此之间没有了没完没了的要求和责任,没有了剑拔弩张的嫉妒和怨恨,相处起来反而轻松许多。

你母亲最近怎样?文龙突然问我。

不知道。我有些愣怔,忽然发觉自己好久没想过这个问题了。

难不成,你也没有告诉她——你的新住址?文龙抬头看着我。

我点点头,一时无语。

这样不太好,其实,她也挺可怜的。文龙说。

我没有说话。要是以前,我会毫不犹豫反驳道:她可怜,我更可怜。现在我知道,文龙说得有道理。

你不恨她?我反问。想起母亲过去对他的种种,文龙这样说话,使我很惊讶。

她也不是全没道理,我的确也有错的地方。文龙苦笑道。

我忽然想起意象对话中"花与昆虫"的意象。你愿意和我玩个游戏么？我略带窘意地对文龙说。

玩游戏？果然,这男人一脸大大的诧异。谁知道此时此刻,他在想些什么。

请你闭上眼睛,然后深呼吸。我学着金的腔调。

开始以为这个男人会拒绝,谁知他竟很愿意"配合",一动不动地坐在书房的椅子上,听我的"指挥"。我只有继续深入下去。

现在你的面前出现了一片草地,上面开放着各种花朵,或者只有一朵,怎样都可以,随你的自由想象就好了。然后,想象着你成了一只昆虫,朝着一朵花飞去。

这是什么意思？文龙忽然睁开眼睛。

等会儿就告诉你,没有恶意,真的。你就把自己想象成任意一只昆虫就可以了。如果想象不出来,也可以想象自己看见了一只昆虫。

好吧。文龙重新闭上眼睛。过了一会儿,他开始喃喃自语,我是一只蜜蜂,还是一只比较健壮的蜜蜂。

有各种各样的花朵,我看见了一朵白色的秋菊,很多花瓣的那种,一层层的弯曲的花瓣,向内包裹着淡黄色的花心。看上去,很纯洁,很温婉。我这只蜜蜂,停在花朵上,开始采蜜。这朵花的蜜很多,我觉得很舒服。

不由自主地,跟随文龙的描述,我也做着同步想象——仿佛我也看见了文龙自由联想中的画面……

文龙的声音听上去也前所未有的柔和。

最后,蜜蜂对秋菊说:明天,我还会回来看你,我希望和你在一起。秋菊有些害羞地点了点头。

文龙从"游戏"中走出,有些兴奋地看着我——期待我来解释。

我煞有介事地说道,这是一种叫意象对话的心理治疗技术。就是利用一些原始的象征符号,来表明你目前的心理现实。而这个"花与昆虫"的意象,可以测试出我们心中对两性关系的看法。我尽量简单地说。

好在过去做过"文学青年"的文龙,很快就明白了我说的大致意思。

花朵代表你心中喜欢的女性形象。蜜蜂则代表你对自己的看法。你喜欢温婉的秋菊。我总结说。也就是你目前心里喜欢的,是纯洁美丽以及温婉的女性形象。

文龙笑了起来,不置可否地摇着头,也不可能这么绝对吧。

我点点头,但目前来说,就是如此。

希望你今后能找到属于你的那朵秋菊,我拍拍文龙的肩膀,装出一副无所谓的样子。

文龙有些恼火地看着我。

"花与昆虫"对话之后的好几天里,我都在认真地想一些问题——有关文龙做的意象。回忆那天的过程,在当他说到"温婉"这个词的时候,我的心,很明显地咯噔了一下。刹那间,我忽然意识到从前问题的关键所在。

说起来,文龙一直都喜欢温柔型的女人,这是在我们相识之初我就知晓的。可是,我偏偏不是那一类型的女人。但是瘦弱的外表,让文龙起初误以为我是。

其实,我的脾气焦躁,性格好胜要强。结婚之后,几乎事事我都要占上风,按我的意思来。但在性生活上,反而很冷淡被动。这样反省着,我发觉自己简直就是母亲的翻版。这个感觉让我不寒而栗。相同的是,我和母亲都没能将原本属于自己的幸福,守护下去。

不同的是,父亲离家出走。文龙选择出轨。

记得当初知道文龙有了别的女人后,我一直不愿意承认这个事实,也不想离婚。不是因为还爱他,而是不想就这么轻易地放过他。何况离婚意味着失败,我不能忍受自己失败。我一直忍耐着,压抑自己,幻想他会回头。不去想文龙和别的女人在一起,会是怎样的场景。也是因为太好强——一贯要强的我,不想被人瞧不起,男人出轨带给我的不仅是感情的伤害,更多的是让我有颜面尽失的恐惧。

可是,现在想想,站在文龙的立场,整日面对一个既焦躁又脆弱,总是用好强来掩饰自己内心巨大的不安全感的女人,他怎么会感觉舒服和踏实呢。其实,是我没有给他一直想要的。因为我连自己想要什么,都没弄清楚。

而对比我自己做的"花与昆虫"的意象对话,想起那朵瘦弱的紫色小花,它和文龙意象中的那朵健康温婉的白色秋菊,反差实在太大。

看上去,好像是我很需要他,但这只是出于现实的需要或是意识层面的需要。其实实际上,这么多年来,我的潜意识一直都在对他做着抗拒,一直都在说"你太重了,我承受不住了"。

想到这些,我心里一阵自怜,一阵自责。

真正意识到自己的问题,反而让我有了一种轻松感——我终于从被丈夫遗弃的恐惧中走了出来。婚姻失败,肯定不会仅仅是一方的错。看似我是这场婚姻的受害者,而实际从某个角度来说,文龙所受的伤害不亚于我。

明白了问题的实质之后,原谅,当然是轻而易举和顺理成章的事。

原来,怨恨一个人,需要花费更大的力气。

原来,将怨恨放下,就可以得到解脱。

对亲密关系的反思

我终于有了一个可以毫无保留地展现内心世界的对象。当然,那就是金。

现在,每节课开始后,我都会絮絮叨叨地诉说一周以来的事情,还有自己思考之后的一些感悟。这已经成了习惯。不过多少也是被金"鼓励"的结果——反正金也没有明确的课程表,最近他总是看我的"具体情况"而决定上什么课。所以,漫谈式的启发是他最主要的授课形式。

肖恩,你现在已经掌握了一些处理情绪和认识自己内心的方法,如何将这些方法融入自己的生命中,可能才是最重要的功课。一天,金如是对我说——所以,漫谈,可能更能激发我的内在思考。

而通过不断的自我觉察与反省,我越来越明白,人是多么善变的动物。人的心理,或许比世上任何一条河流的变化都丰富多样。尤其,像我这样内心冲突强烈的女人。所以了解自己,感知自己的变化,是长期的功课。

而当我漫谈的时候,金会支着头看着我,从不随便插言或打断我。他是一个极佳的倾诉对象。他在倾听我的心声,同时在感知我的变化和进步。

今天,我向金回忆了文龙"花与昆虫"的意象,也表达了自己在两性关系中应负的责任——我的自我剖析和反省。我越来越明白一个道理，将生命责任从男人那里抽出，放诸于自己身上的女人，才是真正意义上精神独立的女人。因为将自己幸福的幻想交给他人，也意味着将自己实现幸福的权利交给了他人。

所以说啊，人常常如此，陷入困境后还在抱怨别人，抱怨外界，而不愿意看清自己的内心。听我说完，金点头道。

是啊，可能因为反省与剖析自己需要很大勇气吧。我有些脸红。活了三十五年，我也是才刚刚开始这样做。

不过说实话，我更感兴趣你对亲密关系认知的更新。爱情这东西，真的挺复杂。金挠着头，好像想到自己的事情似的。

你也受过困扰么？我忽然有大大的好奇。

当然，我也是人啊，金笑了起来，我是活生生的人啊，千万别把我推向神坛，我和你们一直在一起，只是暂时比你们更多地了解自己罢了。金做了一个滑稽的手势。

我心里又掠过一阵感动。

我喜欢金这样表述自己。尽管他充满智慧，但仍不失单纯与朴素。因为职业的关系，我见过很多自认为聪明的人。但只是聪明而已。这些聪明的背后，总有掩藏不住的"脆弱的自得"。

其实，在我看来，亲密关系真的是很好的试金石。金还在那边兀自思忖，全不知我在心里夸了他一百遍。

当一个人投入到某段亲密关系后，可以更全面地了解自己，知道自己的不足与长处，知道自己主观好恶的各个侧面。不过这首先有个前提，需要有健全的人格和不断完善自我的态度。他说。

是啊。我很感慨，想到自己在上一段亲密关系中的表现，简直称得上是一塌糊涂。

肖恩，你听说过"爱情是主观投射"这句话么？

听说过，但就是不太明白。我试着揣摩。

有时候我们爱上某人，是因为他激发了我们内心的主观感觉。而反过来也一样，某人从你那里得到了爱的感觉，因为心里的某个部分被你激发了，于是，他爱上了你。

如果是同时投射的，就是相爱了吧。

但如果是单方面的激发，而没有得到回应，那就要失恋了。失恋就像是我们放出去的自己内心的那部分，又回到了自己这里。我们不能适应，感觉到了孤独。所以，首先，要学会和自己相处。金说。

和自己相处？

是的，就某种角度来看，和谁恋爱本质上也都是在和自己恋爱。因为所谓的主观投射，正是表明自我的一部分，在他人身上得到了衍生与拓展。恋爱中，两个人磨合的过程，其实也是不断认识自我的过程。所以在我看来，要获得他人的爱，首先要学会爱自己。因为这个"爱自己"背后的力量，正是来自让自我更进一步完善的欲求。

哦，我明白了。爱自己就是完善自我。而完善自我又是良好的亲密关系的前提。

对，正是这样。比如肖恩你，因为早年负性事件的积压，使你对亲密关系的依赖可能不过是对亲密关系营造出的某种氛围的依赖，而不是对亲密关系情感本身的依赖。而你的前夫则相反。所以你们的主观投射，最终导致失败。

可是，我们也有过很默契的时候。我有些不服气。

金嘿嘿一笑。那后来呢？

后来？我有些窘困，因为他变了呗。

每一天，我们的周遭环境都在做着动态变化，我们的心理状态也在做着动态变化，不是么？所以，誓言总会消失，甜蜜也会中止。

正是如此。我又有所领悟。

但这里又有个新问题，我们活在这个世界上，注定心理会随着现实的变化而变化，那么这样看来，就不可能会有永远持久的亲密关系了？

当然会有。所以我们要对自己的情绪时时保持觉察和反省啊！先前，我已经告诉过你处理情绪的办法了，当冲突来临，你已经知道了怎么去应对。但这还是不够。首先，你还需要更多的对自己的了解。说实话，一个人即使像孙悟空那样会变化，也不过就是七十二变而已，有什么莫测的呢？金对我眨眨眼。人的心，有时候说复杂就很复杂。但说简单，其实也很简单啊！你要更多更深入地了解自己。如果连自己都不能了解，那么你又能了解谁呢。如果连自己的变化都不能感知，那又能感知谁的变化呢。

但是大多数人都会说自己了解自己啊。我想着周围的人，看上去，他们都一副对一切都了然于胸的模样——这个世上，有多少人会承认不了解自己？

所以说语言有欺骗性。有时候，自己的语言把自己都骗过去了——有些人对自己的了解，只是思维上以为的了解，沉浸在思维中,而忽略了感觉,怎么能了解呢——他以为自己怎样怎样,但遇到事情的时候,情绪反应又是另一回事,因为顽固的思维让他没有"闲暇"去反省。金摇着头。真的了解自己,就会放下自己。

放下自己?

放下自己的虚荣、好胜心、脆弱、焦躁,等等。那些从不反省的人,多多少少是因为潜意识不愿意放下那个在思维状态中振振有词的自己。

是啦!我恍然大悟。明白了——放下,也就等于做自己的观察者,反省就是对自己的觉察。一旦觉察,就会有一个更大更无限的自己了,也就是放下自己了。

所谓大象无形,就是这样的了。我想起那句话"自知者明,知人者智"。一个人到最后,能将自己的明和智都放下,就是慧了吧。

听我说完,金摇头晃脑的,像个孩子那样的笑。说得容易,做起来很难啊!其实在我看,做一个普通人,是最难的了,因为要放下所有自己以为的身份认同……

看着金在那里感慨,我忽然有些泄气。原来改变自己,几近修炼。

修炼到什么时候是个头——这个问题在我脑中一闪而过,忽然有声音作答:它可能是一辈子的事。

前段课程的时间里,我总感觉天空明澈,澄净,自己也很轻松自在。可是,现在,有层轻淡的雾在眼前飘浮,需要用手去拨,就有金色的阳光洒下。但是随后,又升起一阵薄雾。

我吸了一口气,安慰自己,要保持信心,在这些雾的后面,一定不是靡靡细雨,依旧会是阳光。

做一个普通人就好了……金依旧喃喃自语。

难道我还不够普通么？我有些愤愤不平起来。

第三个城堡

肖恩。

金的声音听上去像来自天堂。

——我不能阻止自己这样幻想。

经过这么多天的心理历练，我已经能慢慢进入一种天然状态——我信任金，我也信任自己。因为我开始建立了一个新的生活态度：接纳自己。

肖恩，今天是个特别的日子。让我们再一次光临你的城堡。也许会有一些意想不到的东西。

我闭上眼睛，平静地深入潜意识的海洋。

那是另一个世界的我。它展露了一切关于我的真相。

金，帮助我实现了对它存在状态的觉察。这是个奇妙的难以言喻的过程。尽管，它让我想起过去，并在此与过去对峙。痛苦的过去，其实一直都在。但选择用怎样的态度和它对话，却是我的选择和自由。我不再是自己的情绪——过去带来的不良情绪，不会再将我淹没，更不会使我愚蠢地忘掉当下的存在。

好的，我回答金。并深深地呼吸。

……

还是那条熟悉的公路，向前延伸。只是，不再有雾。天空清澈，澄明。

金,我看见了蓝色的天空,还有悬垂着的大朵白云。它们似乎在安静地看着我。

路的两边呢?

依然是铺展的开阔地。但不再是荒漠了!天呐,有的地方竟长出了低低的绿草。

认同你看见的一切,也相信这一切,肖恩,这就是当下的心理现实。

它们在昭示着我的心理现实的转变?

对。

我又看见了城堡。

踏着草地,我向它走去。每一步,都踏在草地上。每一步,双脚都在感应着新生的小草传达出来的粗糙而坚定的力量。

我径直走到城堡的背面,查看那块刻有名字的墙砖。"城堡"。一行字依然那么清晰,似乎清晰地强调着某种归属。我抚摸着"城堡",感觉命运那么不可思议。

绕过去来到正门,我仰望城堡。在高远的蓝天与悬垂的云为背景下,城堡不再阴凉、陈旧,似乎散发着坦荡的纪念碑般的气息。

窗户变大了! 我轻呼。

进去吧。

门吱呀打开。里面敞亮多了,宁静,充盈着淡粉色的阳光。光柱从高大的窗户中照射进来,铺展在地面上,形成斑驳的光柱,无数的灰尘像精灵一样在其间舞蹈,乍看就像是海洋里漂浮着的浮游生物。整个大厅散发着玻璃似的透明、晶莹。正中央的地方,铺着一块柔软的浅紫色地毯, 使得大理石地面看上去有了些许暖意。

我四下张望。在一个角落里,发现一张沙发。我走过去,坐下,凝视着周围的一切。在一些光线不能照进的角落,我还是看到了一些灰尘小团,无力地蜷缩在那里。但屋子里的整体氛围,改变了。

房子变了。我喃喃自语。

很好,恭喜你。金的声音平缓地从意识世界渗进来。

此刻的我,像是潜意识海洋中的一尾自由自在的鱼。

我游向二楼。

二楼也有变化。同样在充足的光线里,一扇扇房门像一枚枚贝壳般紧闭,似乎蕴含着一些我不知道的有关生命成长的东西。也许是珍珠,也许是沙砾。都不重要了。它们都是我的。

此刻的感觉怎样? 遥远的金问。

我正体验着一种归属感。我正在想,这每一扇门的后面,一定都有着关于我的历史。

还有过去那种害怕的感觉么?

没有了。我不害怕了。当明白它们都是我的,而我不仅仅是它们之后,我就不再害怕了。

我选择了一扇门,并慢慢扭动把手。映入眼帘的依旧是浮动的阳光。而母亲,正坐在那张椅子上。她沉默地看着我,花白干枯的头发,被阳光笼罩着,就像被烧焦了一样。我看着她,她看着我。

我现在还不能和你说话。我说。忽然又开始有些颤抖。

我需要你。她忽然开口。

对不起,我转过身子,原谅我现在还不能和你说话,因为我还没做好准备,还没有能力向你袒露心声。

我会等你。她说。

我朝她点点头,迟疑着,走了出去。

关上门,我轻轻喘气。看到她的模样不再像从前那般没有生命似的,我心里多少有些安慰,同时,一阵从未有过的怜悯,涌上心头。

她也是个可怜人儿。我听见文龙这样说。

可是,现在还不行。我在心里回答。会行的吧?我在心里问自己。

没关系,去三楼吧。金鼓励我。

三楼依旧是木质阁楼,木地板像被匆匆擦拭过,不是崭新的那种干净,但也没有过去那么多虚浮的粉尘。那扇小窗依旧开着,我走过去,坐下。风,呼呼地从外面吹进来,吹动着我的长发。

肖恩,持之以恒很重要。

我知道。我几乎要落泪。不是悲伤,而是因为感觉到了包裹在周身从未有过的潮水般涌来的平静。

关于"母亲",你有什么新的体验?

我抬眼看着金,一时想不出合适的词语。现在,我还不能去见她。我摇头说。我还是不太愿意。不知道自己是否有那个能力面对现实中的她。

我需要你。那个苍老孤独的声音忽然响起。

可我需要时间。

肖恩,你要原谅母亲,也要原谅自己对她的不原谅。

我知道,但我还没做好准备。

嗯,说下去。

想到见她,我还是会害怕,我还是担心她会强硬地干扰我的现实生活。可我好不容易才从那些不堪中平静下来。

你的意思是,在你看来,她在你的生活里总是处在干扰者的地位么?

是的。我毫不犹豫地点头。

真的一直都是这样么?一直都在干扰你,而没有别的?金很认真地问我。

我有些犹疑。应该是这样的,没错。我的声音开始无力——我明白了金的意思。

不是的。

我想起小时候生病时,母亲的焦虑。想起迪迪出生时,母亲的兴奋。想起因为和文龙吵架,他有段时间搬出去住,崩溃的我无法应付现实中的生活,家务全由母亲料理……

但是这些画面刚一出现,就又飞快地散去。转而是母亲凶狠的神情,爆裂的捧打,不顾迪迪哭泣仍一声高过一声的咒骂……

不行,我吸着气,对金摇头,对不起,我做不到。我想我还需要一段时间。

金点头,没关系,不要勉强自己。你的进步已经很明显。众多意象的改变,不用我说,你也能体会其中的意思。

是的，我自己也发现了。我有些自怜，起码说明当下，我的心理现实正趋向平稳。

最好的心理现实会是怎样的呢？我问金。

最好的？金摇头，或许没有"最好的"。每一天，我们的生活现实都在进行着各种动态调整，今天的心理现实不代表永恒的心理现实。换句话说，今天感觉的轻松、舒服，也许到了明天，转眼就变成了阴郁、难过。

对啊，我忽然明白了，自己提了一个笨问题。

那些情感没有隔离的人，会遭受情绪之苦。那些情感隔离的人，压抑情绪，换来的是更强烈更莫名的焦虑与躁动之苦。金说着，眼神邈远起来。

活着很不容易啊。我叹息道。

所以，我们必须与自己变化多端的情绪在一起，了解它们，接纳它们，别无他法。

肖恩，你知道么，可能这世上每个人的童年都不会让自己满意。甚至，可能没有一个母亲或父亲能让孩子完全满意。每个孩子，也许都有一个属于自己的理想母亲——他们按照自己的幻想，去神化现实中的父母亲。可是，父母亲也是人啊，是活生生地挣扎着存在于世界的人啊，他们不是神。他们被卷入生活中，来不及去回应、觉察孩子的呼唤。于是，孩子的神话破灭了。带着伤痕的孩子长大，成为另一些孩子的父母，又继续在生活中挣扎，将自己的伤痕，传给下一代。

金一字一句地说着话，声音仿佛从他心底里发出。

我能感应到他话语中的酸楚,仿佛这些话是从一些悲伤的故事中升腾而来。

而我突然问自己:我是孩子的好妈妈么?我曾在一段时间里冷落了儿子,忽视他的情感需求,甚至剥夺他应有的享受父爱的权利。这种种自私的行为,让我羞愧……

肖恩,既然你不愿意重演母亲的历史,那么也要避免孩子重演你的历史。你知道么?金认真地看着我。

我细细地咀嚼着金的话,过了良久,我问,金,你有家庭和孩子么?

当然有。金微微一笑。和所有人一样,我是在生活中长途跋涉的人。我只是比你要早一步领悟一些事情。我这一生经历过很多的隔离与痛苦。但幸运的是,后来在一些师长的帮助下,我选择了面对与承担。在此过程中,心灵得以不断强大——不害怕自己的心灵受苦,可能就是真正的强大。并且,人人都有难处,肖恩,活在这个世界上,人人都有难处。那些给你带来痛苦的人,自己也一定不会过得有多快乐。

肖恩,活着必须遭受痛苦,这是必然的。唯有面对与承受它,才会迷雾散尽、重见天日。我不能保证你的人生路上还有没有新的痛苦。因为只要活着,我们就必须面对一些意外。可能是让你高兴的,也可能是让你难过的。安之若素地活下去,活在当下。

金的脸上露出僧侣般的凛然与冷静。

安之若素。我咀嚼着。也许很难吧。

生命就是修炼的过程。没有人能无时无刻地感受快乐。我们要脚踏实地,面对现实,以最小的敌意较为平静地生活下去。

心理小贴士:

心理的变化,意象的变化

　　曾经有一位女画家,让我用心理学的方法解读她的创作。

　　我让她把作品按照创作年份展示给我。后来,我把我体验到的她十几年来的心理变化,说给她听。她先是沉默,然后告诉了我埋藏在内心深处的从无人知的秘密。说的时候泪流满面。

　　而那天,凑巧,窗外同时下起了瓢泼大雨。

　　当时,我看着她,心里很复杂。因为事情其实因我而起。

　　在她的同意下,其后的半年里,我一直陪伴她,帮她做了几乎所有的意象对话,包括心房、花与昆虫、子人格拆借、动物子人格等。

　　同时在这半年里,她一直在创作风景系列。

　　但当半年后,我们把这一系列放在一起看的时候,不消我说,女画家自己就解读出了半年来心理的变化。在她的笔下,有着最生动的体现,画面从一开始的惶惑、无力,到最后的天高云阔。她用画笔无意识地勾勒出了潜意识里对现实的解读。

　　这样的例子,几乎能在每一个来访者那里得到印证。

　　因为随着心理现实的变化,我们的意象世界一定会变化。

不要让孩子重演历史

第三次光临"城堡"之后,关于面对母亲的问题,一直萦绕在我的脑海,挥之不去。我知道自己迟早要面对她。处理与她的关系,也许是我人生中最艰难的那部分修炼过程。

可就是一想起她,我就会有抑制不住的悲伤与难过。

这段时间,白天我认真投入地工作。但每到傍晚,走出出版社大门的刹那,我就开始咀嚼这挥之不去的悲伤和难过。但同时,我又有些瞧不起自己——刚刚打破隔离情感的藩篱,又开始饱受情绪之苦。

只有回到家里,见到孩子的刹那,我才稍稍从情绪中抽身出来。

我把每晚和迪迪面对面,共进晚餐,当成一天中的最高享受。看着孩子,可以让我暂时忘掉父母带给我的情绪之痛。

不要让孩子重演你的历史。金的劝慰时不时在我凝视儿子的时候,于耳畔响起。

儿子最近有了很大的转变,我很久没有接到老师们的电话。话也渐渐多了起来,经常在晚餐的时候,向我热烈地描述着一天当中他经历的自认为有趣的事情。有时候也会和我谈论文龙,因为最近他们经常一起午餐。

也许离异家庭的孩子,不一定就存在这样那样的问题——这也是我最近一直在思考的问题。

孩子无助地活在成人的世界里,无论这个世界的基调是怎样的,孩子都只能接受。但只要父母的爱还在,孩子会依然很好地成长。

而我每每想到自己过去,因为不能处理的糟糕情绪,给迪迪带来很大的伤害。但又想到因为心态会好转,而松一口气。还好,一切都还不晚。不过想想真是后怕,如果我一直像过去那样满怀怨气地活着,会对迪迪造成怎样不可磨灭的伤害。

离婚本身不重要,重要的是我们这些不能处理好自身问题的父母,带给孩子怎样不好的影响。换言之,这样的父母,即使不离婚,也未必不伤害孩子。

目前我可以不需要丈夫,但孩子永远需要一个父亲。

文龙依然爱着他的孩子,也许这就是我和迪迪最大的幸运。即使父母不在一起生活,但他仍能享受完整的父爱。而我差点儿就让儿子和这份幸运擦身而过。我差点儿就成为像母亲那样的女人——被痛苦和仇恨吞没,然后让自己的孩子品尝自己情绪的恶果。

想到这些,我就不寒而栗。

我虽然逃离母亲,但却重演了她的历史。更危险的是,差点儿让儿子也因此重演我的历史。

在我不让他们父子见面之后,迪迪就一直在压抑自己。因为压抑导致的焦虑情绪,使得一个原本随和温善的孩子,变得暴躁易怒。所以才会频频闯祸。但懂事的他,从不向我发泄内心的不满……

而压抑，正是造成我情感隔离的开始啊。我为自己建造了一座囚禁心灵的城堡，差点儿又将它奉送给自己的孩子！

一旦想通这些问题，我可以更清醒更坚定地活下去。

还好，到迪迪这里，一切都将结束。

但是，母亲怎么办呢？

一想到她如果重新出现，就又会对我的现实生活指手画脚，又会把不属于我的怨气抛洒给我，我就有些无奈。暂时，我对自己这个问题无能为力。我可以无奈地接纳它，但我没有办法处理它。

妈妈，今天老师夸我的字写得好。迪迪对我说。

我回过神来，接过儿子递来的语文作业本。每个字不仅工整，而且都很漂亮，间架结构处理得有模有样。忽然想到文龙的书法不错，我笑着问儿子，是不是爸爸"指点"过你？

哈哈，被你猜到了。迪迪挠着脑袋。不过，妈妈，爸爸的毛笔字写得确实很好看。迪迪一脸佩服的样子。

我忽然感觉到遗传的力量。有些东西，是我怎么也不能够阻隔的。我也想起了自己的父亲……

儿童对人际关系并不敏感

其实,父母分开本身不会给儿童带来太大的困扰。

和成年人不同,儿童的情绪结构比较简单,情绪的内容多是个体保存的本能、安全感的验证等等。

而对于复杂的人际关系,儿童并没有我们成年人以为的敏感。

是由于人际关系带来的混乱、危险、争吵、暴力等不良情形,干扰着儿童的内心世界对父母分开这件事情的判断。混乱的情感关系、父母处理问题的风格,成为儿童对这件事的根本评价。

也就是说,儿童根据这件事带给他的情绪,做判断。

特别是父母的情感争夺,更会给孩子造成不可磨灭的负性记忆。

不可否认,在我们周围,很多孩子都成了父母分开过程中的最大的受害者。

问题在哪里?

当然是那些本身对自己的情绪就不会处理的父母造成的。

事实就是这样:往往给我们带来伤痛的,不是事件本身,而是事件引发的我们的情绪。

而依附我们才能生存的孩子,往往承受的,是我们自己都不能承受的情绪。

给个建议:就像结婚需要成熟的人格一样,在提出与配偶分开之前,请先对自己说:我已做好准备,可以处理好这件事本身给我带来的所有情绪困扰。并尽可能地保护孩子的利益——不仅仅是现实层面,更重要的是心理层面。

六　重塑人格

好多子人格

欢迎大家来到这里,和我一起出发去动物园。金大声说。

这节课,我终于看见了其他人——这节课还有其他四位和我年龄相仿的同学。我们坐成半圆形,好奇地彼此打量着,有些羞涩地相互自我介绍。李姐,张姐,小满,唯一的男士姓詹。

而当听到"动物园",我们一齐吃惊地望着站在中央的金。

在过去的课程中,我已经向你们介绍过意象对话与觉察共同处理情绪的方法。谁能总结一下?

詹举起手来,毫不犹豫地说:产生情绪→躯体随之产生不适感→觉察躯体→切断情绪对躯体的控制→觉察情绪→意象情绪→处理情绪。

詹同学回答得异常迅速,有条不紊。

很好。金点头。但是,希望这些不是你思维中的记忆,而是感觉里的记忆。

哦,老实说,我的确是背下来的。詹挠了挠头,笑了起来,很诚实地回答。

有时候会时不时臣服于自己的思维,这可能是我们男性觉悟之路的最大障碍。金也笑了起来。

好了,我说过通过意象对话,可以很快捷地了解自己的心理现实。但除此之外,在觉悟之路上,我们还要学习如何"自知"。这样,就可以让心理状态发生有效改变。

在我们一生中,欺骗自己的次数远比欺骗别人多得多。

有时候,我们甚至都不知道在对自己做着欺骗的事情,导致了太多的"不自知"。其实,许多心理问题都来自"不自知"。我们不知道自己在做什么,为什么要这样做。

所以,认识自己,其实是我们活在这个世界上最重要的事情。而识别内在的子人格,就是认识自己的一个有效办法。

子人格?

对。浅显地来说,我们每个人的性格都是丰富的,它总是有不同的侧面。在不同的场合面对不同的情境,我们会不自觉使用性格中不同的侧面。而了解自己,就必须了解自己性格中这些不同的侧面。我们把这些侧面叫做子人格。

每一个子人格,仿似一个"我"。

换言之,有多少子人格,就有多少个"我"。

所有的子人格,共同组构了一个完整的"我"——认识自己的一个有效的办法,就是把每一个不同的"我"从整体"我"中拆解出来,让它赋予独立的形象。

通过对每一个子人格的了解，更深入地了解整体"我"。

比如面对不同的场合，会出现不同的"我"。而每一个"我"的说话腔调、声音大小、面部与肢体表情都不会相同。因为不同的"我"，展现了不同的特点，甚至是不同的好恶。比如某人性格中有骄傲的一面，那就会有压抑骄傲的谦虚的一面。有勤勉的一面，就会有忍不住懒惰的一面。

简言之，通过拆解子人格，知道自己在什么样的状态下会有什么样的反应，或者为什么会有这样的反应。

每个人的内心都有冲突与矛盾的体验。

有时候我们觉得我们的心里，会有几个不同的"我"在脑子里对话。而内心冲突，往往正来自于这几个不同的"我"之间的冲突。也就是在这些子人格之间发生的。

没有什么外在的真实的人伤害我们，能像内部子人格之间互相伤害这么厉害。

比如一个总是勤勉克己的人，总会偶尔有一点偷懒的欲望。那个勤勉的子人格，一定不会喜欢这个懒惰的子人格。反过来，这个希望可以稍稍享受生活的子人格，也一定讨厌总是呆板的只顾勤勉的子人格——因为潜意识有休息的渴望。如果协调不好，它们之间就会产生冲突。而冲突反映在具体事件上，会以不良情绪表现出来。

但是，如果这些子人格之间是相互喜欢并认同的，勤勉的那个可以接受偶尔的偷懒，偷懒的那个也明白为什么要勤勉，那么会怎样呢？

那他的心理状态大概就会相对平衡了。我回答。

很好。金点头。所以我们要了解自己，了解自己性格中的每一面，把它们当成活生生的一个人来看待，了解它们之间的关系与情感联系，了解它们的来源。

不过，每个人的子人格不尽相同，根据不同的侧重，它们可能会是人，也可能是动物或植物。

好吧，就到这儿，说了太多了。金开始摇头。我又感觉到了语言的苍白与僵硬。你们自己去体察，这才是最重要的——出发去动物园吧。

哦？我们再次诧异起来。

意象中的动物园。金微微一笑。

闭上眼睛。

放松。

深呼吸。

动物子人格

外界的嘈杂迅速没有了……

现在,我越发喜欢做这种浅催眠式的意象对话。也更信赖这个原始的奇妙的象征世界,越发信赖由它带给自己的体悟与感觉。

现在,你们离开了房子,下了楼……在楼下,你们看见了一架直升机。坐上去。

渐渐地,飞机起飞,越飞越高,离城市越来越远……

不知过了多久,飞机下面出现了一大片草原,可能是你见过的,也可能是从没见过的……

可能有很多植物,还有很多动物……

飞机慢慢下降,落在一个巨大的木牌边,上面写着你的名字,这就是你的动物园……

进去吧……看见的任何动物,都属于你,因此它们不会伤害你……

我沉浸在金营造的意象世界里。并全然地处在意象带来的感觉里……

我看见了一望无际的草原,似乎是非洲草原的某处。我当然没有去过非洲。但是潜意识里异常肯定……随着飞机的下降,有成群的野马在奔跑……

我走了过去。

"肖恩的动物园"。那块牌子如是写着。

我环顾四周。

首先,一头狮子映入眼帘,它正趴在一个山坡上。

这是一头受伤的狮子,肘部缠着纱布,而纱布里正渗着殷红的血……一只孤独的狮子。它没精打采地看了我一眼,继续眺望远方。

而不远处,有一棵树,上面立着一只鹰,正不动声色地盯着我。我感觉到了被逼视的紧张——似乎要么它腾空飞起,远离我,要么它会向我俯冲过来……

树下,还有一只毛皮发亮的慵懒的黑猫,正百无聊赖地舔着前爪,根本不理睬我,瞧也不瞧我。

远处,一条蛇刚要爬行过来,嗖呼一下,就钻进了草丛,没了踪影……

忽地,一只灰兔在我脚边的草堆里探出头来,似笑非笑地望着我。我有些恼火。我不喜欢你,我说,于是抬腿就踢了过去……

我站在"动物园"里,全神贯注地体会着每一种动物带给我的感觉,体悟着它们和"我"之间的内在联系,为什么是它们,而不是别的动物,每一种动物对应着我人格中的何种特点……

离开"动物园",回到教室。

我们开始分享各自的动物。原来,每个人的潜意识都那么的丰富有趣。

詹"看见"了大象、河马、山羊和狗。小满"看见"了孔雀、百灵鸟、猴子、小老虎。李"看见"了天鹅、犀牛、长颈鹿。而张看见了乌龟、蛇、壁虎、猫头鹰。

每个动物都代表着我们性格的某些侧面,这点毋庸置疑。关键在于我们对每个意象的象征意义的了解,以及与自身心理现实的关照。而我们的潜意识自由选择的动物对象,不仅来自集体潜意识中的记忆,也来自长时间自我的形象内化。金简单地解释道。

金在同学们中选择分析我的意象。

狮子,象征着肖恩性格中的骄傲,勇敢,顽强。但它受伤了,失去了活力。为什么会这样,大概肖恩自己知道。鹰,象征着她性格中冷静、高傲与向往自由的特点。猫,象征着肖恩温柔的一面,既有女性的温柔狡黠,又有依赖和任性……

听着金的解析,我不由地捂住了嘴。原来原始的象征性表达系统,在我的潜意识中画出了一副完整的性格图像。我第一次觉得自己如此丰富,并且这种丰富清晰地展现在我眼前。

我明白了。

在向文龙大吼时候的我,其实就像一头受伤的母狮……而我们相爱的时候,我也曾像一只猫一样,喜欢蜷缩在他的怀里,粘腻着他……工作的时候,我大概就是那只专注的沉默不语的鹰了,眼前只有目标……而关于兔子,正是我性格中软弱的一面。我恰恰最讨厌最不能接受自己的软弱,更为了不要流露出来,百般掩饰与压抑自己,因此"看见"了兔子,我一脚踢了过去……

听完金所有的解析,每个人都很兴奋。这个认识自己的办法,浅显易懂,几近游戏。

总之一个子人格,其实就是一种生命形式,一个人就是这样一些生命形式的完整综合体。除了动物，我们的子人格更多的是以人物形象存在着。不信，你们走进你们的心房，看看里面除了你们，还会有谁？金又做出一副神秘兮兮的样子。

你们可以给任意一个"他"取名字，感觉"他"的年龄，然后体察他与其他子人格之间有怎样的好恶关系。请耐心一些，因为这可能是个漫长的过程。金说完将食指竖在了嘴唇中央。

我们立刻安静下来。

人物子人格

……

闭上眼睛,我迅速来到了"城堡"——这个心房意象的出现,对现在的我来说已经轻而易举。大概因为我已经不再情感隔离的缘故吧。

我坐在大厅里,静静地等待着金所说的人物出现……

首先,一位老妪出现了。她安静地守在城堡的门口。花白的头发,看上去苍老,慈祥,平静,但也有些疲累。她被人称做"老妈妈"。我看着她,就好像体会到了这么多年来她不得不承受的一些事情……

接着,从二楼走下一位女作家,三十多岁的年纪,戴着眼镜,高瘦的身材,看上去冷漠,刻薄,一副看透人生百态的样子……

一个男人出现了,是位浓眉重须的工匠,有一双极其粗糙的大手,满面坚忍的神情。看着其他人,他有些拘谨地搓着手,似乎在说有很多事情等着他去做,他不能浪费时间……

最后,一个五六岁的小女孩从楼上走下来,她叫小恩,手里抱着一个脏了的破娃娃,眼里含着泪水,怯怯地说,她要找爸爸……

……

时间一点一点地过去,我蛰伏在意象中,几乎忘了肉身的存在……

我惊异地看着"每一个人"，体悟着"每一个人"带给我的不同感觉。

我越来越明白，她们真的是我性格中的一部分，很清晰明确的一部分……

每个人为什么会是眼前的样子，在她的背后发生了什么，我都非常知晓……就像金说的"心理现实"，她们不仅是我的"心理现实"，也是我的"人格现实"……

一时间，我处在思维冷静但情感纠葛的复杂感觉中。

老妈妈的累。

女作家的冷和看透。

工匠的坚忍与忙碌。

小女孩的无助。

我看见了不同侧面的自己，也看见了这些侧面形成的历史，组合在一起，就是三十五年来，我的心路历程……

教室里很安静。

金一声不吭地坐在那里，好像在看空气中某个虚空的点。

从"心房"回到现实来的每一个人，表情都沉静又复杂，一动不动地坐着，似乎进入了某种禅定状态。

很明显，谁也不想先开口。

良久，我忍不住偷偷打量他们。

每个人的脸上都漂浮着一股奇异的成熟的宁静。我不禁被这宁静震慑了。

……

这节课,可能是我们说得最少,但时间最长体悟最复杂的一节课。金终于慢吞吞地打破沉默。你们可以不告诉我,你们看见了什么。不过如果愿意,你们可以说说感受。

这的确是了解自己的好办法。詹在沉默很久之后,第一个开口说话。

我从没有这么全面地了解自己。小满低着头说,两眼中竟闪着泪光。

看见了自己的每一面,就忽然了解了我的历史是怎样构成的……我说。但是又有些茫然——了解自己,就这么简单?

真的是像你所说的,我们"看见"的每个人,都代表着我们自己人格的一部分么?小李似乎还想求证。

你说呢?金笑着反问。或许你本人应该比我更清楚。

小李咬住了嘴唇,不再回答。

大家再次重归沉默。房间安静下来。但我似乎听见大家的心绪被拨动之后,颤抖的嗞嗞声……

相信这个过程,接纳这个过程。接纳每一个子人格,了解每一个子人格。但这只是第一步。更重要的是,了解他们之间的关系,看清楚为什么在他们之间会造成冲突,并怎样避免他们之间的冲突。金说。

接纳他们,就是接纳自己所有的缺点和优点。发现他们的存在,正是另一种形式的自我觉察——一个更大更安静的我,站在每一个子人格的背后。

当然，子人格不会是一成不变的。

他们之间的关系，会随着心理现实的改变发生改变。

比如有些子人格会消失，然后有新的出现，或者原本脆弱的子人格变得坚定起来，或者子人格的年龄发生了改变，变老或变年轻。了解所有的子人格，就是觉察自己的心理现实。总之，了解自己并时时保持对自己的觉察，是个持久的过程，伴随我们终生。

祝你们好运。

金站起来，高大的身形忽然被窗外的阳光笼住。

我凝视着他，刹那间，忽然觉得他像一尊闪闪发光的雕塑。

我是无数个我自己

做完"拆人游戏"后的好几天,我的心情一直都很好,总有一种豁然开朗的感觉,从心境到头脑都是这样,并伴随着挥之不去的欣快感,就像从自我纠结的一团迷雾中,彻底走出来了。

但是还是要警惕,因为会反复。金在电话里这样对我说。

放下电话,我就有些抱怨。每次在我觉察自己有所进步,沉浸在自得的快乐里的时候,金都会这样说上一句。

要警惕。我吸了一口气,意识到他其实说得很对。

情绪这家伙真是最善变的东西。不过,我已经开始了解自己,知道自己身上"住着"不同的人,他们中的某一个总会在一些场合自动出场,承担角色。也许,杂乱总会在我人生中反复上演,但我已经放弃抵抗和压抑——理顺了子人格之间的关系,对我来说,就像理顺了这些纷扰的杂乱。这就是让我内心感觉宁静与敞亮的原因——我,肖恩,因为对所有子人格的了解,而了解了自己。从此,内心开始建立了某种秩序。而这种有条不紊的秩序,是自己给予自己的。

接下来的时间,我有些沉迷于此。几乎每天都在悄悄研究着这个简单而有效的"拆人"游戏。比如,在出版社,我时不时体察着那只鹰的存在,只要感觉它在,就仿佛又看见那双冷静的专注的黑眼睛,还有笃定的不动声色的神情。这让我感到踏实和心安。因为鹰呈现的状态,是那样契合我所需要的工作状态。

就连那天出版社开例会，我依然不自觉地做着这个游戏。

那天下午，我坐在角落里，看着眼前这些熟悉的同事，不知不觉又想到金说的"动物园"。眼前的这些又是什么动物呢……

张副社长在发言。他的语气是惯常的沉稳、简略、准确。他一定是食肉动物。我在心里暗暗猜想。很明显，作为领导的他，有一种近似老虎的气质——表面看似超然的宁静，但看准目标，就有飞扑过去的决断。

而李姐，我看了她一眼，忽然想笑，因为"老母鸡"三个字一下子出现在我眼前。是的，李姐就像一只老母鸡，唠叨，善良，具有强烈的母性，要是惹了那些躲在翅膀下被她照顾的人，她会毫不犹豫煞有介事地用尖利的嘴去啄。

小黄今天穿着一件漂亮的套裙。像一只锦鸡！对，她正像锦鸡那样，端坐在那儿，骄傲地抬着头，又时不时左顾右盼。如果这时外面来了一个人，第一眼就会注意到这只漂亮的锦鸡吧。对了，小黄还很喜欢发言。是啦，是啦，就是嘈嘈切切的锦鸡啦。

我在心里一番胡思乱想，仿佛第一次看清了同事们，明白了他们为什么会有这样的表现——因为心里那只动物的关系吧。

四处游神的我，就像那只猫，悄无声息地在会议室每个人的面前，不紧不慢地踱着步……

肖恩，该你说话了。忽然传来张副社长的声音。我一激灵，那只猫倏忽不见了踪影。是鹰回来了。

我简单明了地汇报了工作。

森林之王张副社长沉稳地点着头，等我说完，问道，金的书稿怎样了？

进展得还算顺利吧，不过还需要一些时间。我拿捏着分寸说。忽然莫名感觉那只锦鸡扑啦扇动了一下翅膀。哦，我看见一种微妙的情绪显现在小黄的脸上。

"拆人"真是很有趣。我忽然有了自信——鹰怎么会在意锦鸡的评价呢——这是第一次，我终于感觉到了，我在小黄面前也有自己自信的一面。

我转头向小黄笑微微一笑。

锦鸡收起了翅膀，有些纳闷地愣在那里。

一散会，"锦鸡"就扑过来，直言不讳地问我关于金的事情，一副不弄清楚不罢休的架势。

看她着急的样子，我在心里叹气，好吧，事到如今，我也已经不想再隐瞒了。

我还在上着金的课，我说。

怎么，这么长时间了，你还在上课？小黄很吃惊。

是的。当初说好了，要通过他的课程才能拿到书稿。相信这一点你也知道。我说。

那说明，你坚持到现在？

我点点头。

锦鸡小姐有些不相信似的，眼珠迅速转动了一下。

我轻轻拍了拍她，就像顺了顺锦鸡的羽毛。说真的，目前来说，书稿对我好像并不重要，我真的喜欢上了金的课程。我说。这句话发自肺腑。但不知锦鸡是否相信——当然，她相信与否都不重要。

　　锦鸡小姐一脸不可思议,瞪着我。

　　我一定能上完他的课程,我很认真地说。

　　回到办公室,李姐一看见我这个最好的听众出现了,立即絮絮叨叨起来。最近她零零碎碎的不满好像不少。儿子很久没有来电话了,老头子吃了饭就去打麻将了,对改制担心了。李姐端着水杯大声诉说着,在办公室里走来走去,那个样子太像一只焦躁不安的母鸡,扇着空虚的翅膀,不断地发着咯咯嗒嗒的叫声。我看着她,忍不住想笑。

　　就在这时,一只身形消瘦的鹤,忽然出现在办公室的门口。

　　这只鹤,高昂着头,用异样的眼神,目不转瞬地望着我。

旧爱重来？

你过得好么？刚在咖啡馆坐下，潘就问我。

我看着这个男人，良久说不出话。

很久没见面了。

我们中间横亘着十多年的光阴。潘现在是闻名海外的作家。

曾经，我爱慕过他，在年轻的时候——到出版社工作的第一年。

他的这句问候，让我一时无语，凝噎。

我过得好么？这十几年里，人生经历了很多事情。感伤瞬间涌上心头。

我现在独身了，可以重新开始么？潘说。

一瞬间，我的时间凝固了。

十多年前，我初出茅庐，是一个生涩的青年女编辑，接触到的第一位作家，就是潘。慢慢地，就被这个中年男人的沉稳与睿智的气质吸引了。

潘比我大十岁，并已有家室。可是固执的满怀文学女青年式激情与幻想的我，不顾一切与他相爱了。但甜蜜的时光总是很短暂。不久，潘就想离开我了。

当时为了留住他，我把第一次，给了他……

但几个月后，像所有通俗电视剧一样，这个男人还是选择回到妻子身边。没多久,他们举家出国了。

余下的时间里,我独自消受这段感情留下的所有的残渣余孽。我将一切放进心里,绝不与任何人说起关于潘的只言片语,独自经历恨、绝望,直至麻木。唯一不能忍受的,是母亲无休止的谩骂。一年后,文龙出现了。我迅速和他结婚了。

一晃十多年了。潘自言自语。

我看看他。这个男人明显老了,下巴越发尖瘦,眼神也没了过去的神采。

当然我也老了。我不由摸摸自己的脸,在心里自嘲。

我们重新开始吧。潘又说一遍。

我不知说什么好。看来他知道了我的近况,有备而来。

我不知道,再说吧,太突然……语无伦次的我,有些恍惚,心怦怦直跳。说真的,这么久了,我几乎把他忘了——因为压根就不愿意想起他。

五分钟后,我跌跌撞撞"逃"出咖啡馆。

走在路上,有些恍若隔世——我问自己,这是真的么?

天,渐渐暗下来。这个城市在等待黑夜的来临,尽显疲态。喧闹犹如潮水,在我身边退去又涌来。涌来又退去。

我慢慢走着,好似走在宿命的沙滩上,每一步都带着往事再现的沉重的湿滞感。

飘起雨了。几近初冬了。记得和潘最后一次见面的那个夜晚,也下着冷雨。我走在漆黑的街上,举目皆是无尽的绝望——除了绝望，还是绝望。从此，我们再没联系。

该怎么办呢。断然拒绝么？好像我并不想这样。欣然接受？也不大可能。

没那么容易！有个声音这样说。

是谁发出这个声音呢？好像是那个女作家。男人大多薄幸徒！她又说。

原谅他吧，他一定也有难处。老妈妈如是说。

不行，不能原谅他！工匠否定的语气毅然坚定。显然，老实稳重的工匠不喜欢潘。

小女孩在角落里无助地哭泣。她想起那不能忘怀的被遗弃感，忍不住一阵哀伤与自怜。

我的心里，五味杂陈。

一路混乱。

晚上接到潘的短信，周日约我吃饭。鬼使神差，我竟回答：好。

放下手机就开始后悔。

你的立场太不坚定。工匠生气地说。

这个世上犯错的人，又不止他一个。要学会体谅。老妈妈这么宽慰。

小女孩蜷缩在角落里，瞪着大眼睛，不知所措。

见面就见面，又能怎样？女作家突然转变了态度似的——我不由猜想，难道这个"女作家"依然爱着潘？

子人格之间起了冲突——我的内心起了冲突。

我虽然意识到了这些冲突,但却无能为力。

顺其自然吧,我安慰自己。

如何进行子人格间的对话

又是周六。我走进静谧的教室，"宽慰"地发现今天只有我一个人。舒了一口气，找个垫子盘腿坐下。我已经很适应这种坐姿了，它就像是走进心灵世界前的仪式——除了这间教室，我将不会在任何地方这样坐着——这预示我会在接下来的时间里，尽可能地袒露内心。

你有心事。金说。

我接过他递来的茶，小啜一口，有些迟疑地点点头。

我首先说了感觉到的几个子人格，他们的年龄、特点、习性。金有些戏谑地笑着，就像在看一幕戏剧的梗概及其人物介绍。这只是你目前的心理现实，以后也可能会有些调整。他总结说。

知道他们"存在"，并看清他们"存在"，让我有踏实舒服的感觉。我说。

是的，了解"他们"就像了解自己的"底细"。金微笑着。

接下来，我有些结巴地带着某种别扭的情绪，吞吞吐吐地提到了有关潘的事情。说完之后，羞涩又有些期待地看着金。

这三十五年来，我只做了一件事情，我说，就是突围——从各种情感关系中突围。

也许这是男人与女人的区别。金点着头。男人更注重思维与外部世界。女人注重感觉，并将感觉更多地指向内心。

我说了每个子人格对潘的态度。显然"他们"分歧较大。

你猜哪几个子人格希望见到潘？金问我。

我沉吟片刻,还是无法排遣脑中的杂乱。金让我试着回到意象对话中。

于是,我又来到无比熟悉的"城堡",我再次等待"他们"出现,并和每个人展开深入对话。

……

他们出现了。似乎因为那只突然到访的鹤,他们看上去个个心事重重。

小女孩被爱的渴望再次被潘的男性成熟唤醒了——原来,在过去的某一刻,她曾把潘当成了父亲。

工匠讨厌他,批评潘其实很轻浮,缺少责任感。但其实又有些嫉妒潘的才华。事实上,他承认在潘面前,他一直都有挫败感,也一直都很想打败潘。

成熟的中年女作家,一反常态长久地沉默。她很犹豫。她想起和潘畅谈文学时的快乐。她一直很清高,认为自己很不世俗,视才华为判断男性的第一要义。但她又很明白,这不是真的爱情——因为基于某种原因,她从来都不相信爱情——女人要独立,她经常这样说。

女作家因此感觉到了命定的孤独。随便你吧,她叹着气对我说。

你在怕什么?老妈妈认真地凝视着我,握着我的手。难道你担心再一次被他伤害?

我点点头。

被她说中了。看来这群"人"中,只有老妈妈是最冷静客观的。

因为她的情绪最稳定，认知也最成熟。

我选择和老妈妈继续交流。

难道你还有被爱的渴望么？她问我。

我看到小女孩迟疑地点着头。

是一种强烈的迫不及待的渴望么？老妈妈审视着这一群茫然的人。

不是。他们几乎同时不假思索地摇头。

其实我觉得他不是一个好父亲，起码对我来说。小女孩细声细气地说。

老妈妈抱住了小女孩。小女孩依偎在她的怀里，感到了踏实和温暖。

犹豫凝重的气氛慢慢消失了。

大家都松了一口气。原来在这一刻，老妈妈成了他们的主心骨……

我会不会是人格分裂了？我笑着问金。我把刚才的"内部讨论"复述给他听。在内省的过程中，每一个子人格的对话都是那么栩栩如生，就像真实发生的一样。

你现在的感觉是怎样的？金反问我。

感觉很舒服！我惊异道。感觉脑子很清楚！似乎随着他们的对话，理清了我的纠葛。

那你还认为是人格分裂么？金认真地看着我的眼睛。

应该不是。我摇了摇头。

你刚才做得很好，肖恩。我现在要告诉你：在不同的场合，众多的子人格中会有一个"出场"成为那个环境里的主人格。当然，主人格不是一成不变的。那么，你感觉自己当下最有力量的主人格是哪一个？

我想了想，是老妈妈。

金点头。

肖恩，你目前的子人格之间是协调的，没有太大的冲突。而有些人之所以人格分裂，是因为每个子人格的力量都过于强烈，并且彼此之间"关系恶劣"——严重的分隔，导致最后病态的分裂。这和我们的"拆人"游戏是有本质区别的。

其实，不可否认的是，人人都有多重人格，因为我们内心存在着不同的自我。

平时他们是一个整体，但通过意象对话可以将他们分开。分开之后，就可以看清内心冲突的起因与来源。因为潜意识中总是有不同的情感、感受。对子人格的探察，就是心理调节的好办法——了解不同的"我"之间的矛盾——这往往就是一个人内心矛盾的根源。

比如你对潘，既有爱，又有恨。

爱的情感与爱的知觉、思想放在了一起，恨的情感与恨的知觉、思想放在了一起，久而久之这两股心理经验就形成了两个不同的"我"——分属两个不同的子人格。

当然，实际上，除了爱和恨，你对潘还有其他成分的情感，比如对他才华的欣赏和嫉妒，等等。

我恍然大悟。心理世界真是太奇妙了。

所以说，认识自己，才能认识自己所处的世界。金郑重地说道。

心理小贴士：

在合适的场合，调动合适的子人格

这节看似简单，其实很有实用意义。

人格拆解，是我们更好地整理自己的一种工具。

有些时候，某些事件带给我们的困扰，正是由于人格中长期滞留在某种程度，没有随着时间的推移获得成长的那部分造成的。

藉由意象对话的人格拆人，可以适时地察觉是哪一个人格出了问题，哪一个人格可以更好地解决这个问题。在明晰了来龙去脉后，我们明白了，在适当的场合，可以调用适当的子人格来应对。

这是一个可以反复来做的意象对话。

因为我们面对着纷繁的现实世界，总会有各种能量在干扰着内心。

用拟人化的人格拆解去觉察发生了什么，是一个既实用又便捷的好办法。

主观投射中的动物子人格

看到潘的第一眼时,我感觉到他像一只鹤。我说。

鹤有什么气质特点?金反问道。

清高,高傲,与某种精神气质紧密相连,比如道教,与世俗有距离。我放任感觉,一通呓语,像梦话一样。

但金很高兴。肖恩你说得准确极了。你看到的鹤,正是潘在你面前表现出的这些特点。

但是老实说,我不是很喜欢鹤。

为什么?

看上去没有安全感。我又是一通联想。好像随时都能飞走,还有就是过于独立——它好像更愿意一个人待着。并且,鹤的嘴巴和爪子也过于尖利,让我觉得有被攻击的危险。

金大笑起来。

肖恩,以前我们说过"主观投射"这个词。你还记得么?对待一个人的看法,可能就是自己主观——也就是我们心里原有的那一部分在他人身上的镜像显现。

我有些茫然地看着他。他的思维也跳跃太快了吧——刚才明明在说动物子人格。

金看着我,好像看着我心里的"嘀咕"。肖恩,你可以用你的动物子人格,去证明我说的"主观投射"。

我更是一头雾水。

就是看你的动物子人格对这只鹤的看法。金解释说。

好吧。我试试。

……

来到"动物园"。

首先是那只受伤的狮子。

奇怪的是,今天的它不再趴着了,而是沉稳地来回踱着步。腕上的纱布也已经没有再渗血——伤口开始愈合了——对了,这象征着我的心理现实的转变。

它和鹤之间……嗯,差异太大了。

蛇与鹰对鹤都很欣赏。认同它们之间有着相似的对自由和对遗世独立的渴望——与现实都保有距离。

灰兔在鹤面前觉得有些自卑,觉得鹤很聪明,但很危险——只能崇拜,不能随便亲近。

猫一副无所谓的样子,懒洋洋地舔着自己的爪子。

鹤?猫说,那是另一个世界的动物……

……

我捂着脸,太神奇了!

金也笑了起来。说回主观投射——你所有动物子人格的好恶,应该都属于你的主观层面吧!

我点点头。

它们对鹤的看法,是不是可以称得上是主观投射呢?

我有些明白了。

原来对潘的看法与他本人无关,只和我自己有关。我主观里有对他的欣赏,也有对他的不认同。因为我主观里就本来存在这些,就像存在这些动物子人格一样,所以,我在他身上看到了自己的好恶——其实是看到了我主观里的需要和不需要。比如我在潘身上看到的鹤的才华与对自由的向往,其实也是我的动物子人格蛇与鹰喜欢的。但对鹤的负面看法,恰恰就是动物子人格中自卑的灰兔所顾忌的。

哦,这样一分析,我的确不那么纠结了。

相爱,就是彼此主观投射的过程吧。金有些感慨。你感觉到了潘身上的鹤,说不定换成其他人又能感觉到另一种动物呢。

不过,这样一来,就很没意思了吧——看得太清楚,是不是就很难爱上一个人呢?我有点不服气。

哈哈,金笑了起来,你相信爱情么?

我愣在那里。有些信,又有些不信——它好像离我太远了,我说。

我一直相信爱情。金说。

两个人在彼此身上看到了自己的一部分——主观投射的结果,那是一件多么美好的事情。就像在另一个人身上看见了自己。我说过,亲密关系可以测试一个人的内心。因为能在交往中看到所有的情感反应模式、思维模式、主观好恶——很明显,经历一段亲密关系,其实就是认识并了解自己的过程。

但是每一天我们的心理现实都不相同,所以导致主观投射也不相同。

总而言之,爱情体验就呈现出了变化多端的状态啊。金说。

不仅是爱情吧,我说,按你说的"主观投射",我们对其他人的看法,其实都是在做主观投射啊。

是啊,金点头。包括友情、亲情,我们都是在根据自己的主观需要或不需要做着判断。

不过,我并不期待和潘有怎样深入的交往。我说。

嗯,因为你已经清楚地看清了此刻你的主观对他的所有看法。不过,别忘了,肖恩,心理现实是随时发生改变的,此刻的看法不代表以后。

好吧,那就顺其自然好了。我说。

就像是那位老妈妈在说。

心理小贴士：

用动物子人格判断内心能量

我第一次做动物人格意象的时候，看见了"小白兔"。当时的第一反应是一脚将它踢开。

但同时，我问自己为什么会有这样的反应。

细细体会内心，我明白了，是因为小白兔对应着我内心弱能量的那部分。而那部分，是我自己不喜欢的，抗拒的。

我警醒过来，并开始正视这部分。

在生活中，我们会遇到各种各样的现实事件，需要我们用不同程度的内心能量去应对。有时候会应对自如，有时候会心力交瘁。就像有时我们是狮子，有时我们又成了小白兔。

动物子人格也是一个可以常做的意象对话。它帮助我们检测着当下的心理能量，觉察事件对我们产生的作用，了解在事件发生过程中的我们自己。

知道上述的这些后，我们可以开始调整、改善，更好地应对现实。

女人，在恋爱中救赎？

坐在久违的潘的对面，看着他，听他说话，但我已经没有前几天的慌乱。不过是故友重聚罢了。想到这儿，心里就一片释然。

潘滔滔不绝地说着这些年在国外的见闻。但是关于我和他的过去，只字不提。

我也不想回忆。不过，因为他不道破，让我心里总是飘浮着一丝不快，挥之不去。

一切都不可能再重来了。

甚至，我曾爱过这男人什么，我都淡忘了。

也许就像金说的那样，一切都是我当时的主观投射罢了。当时，我在潘身上看到了我所需要的。只是，时光流转，一切今非昔比。

现在的我再次面对他，回忆起过去那不顾一切的卑微和沉湎的迷乱，觉得陌生而遥远，仿佛那是别人的故事。

我举起杯，喝着咖啡，惊异地觉察自己竟能如此冷静。

想到这些年来内心深处不为人知的艰难跋涉与颠沛流离，换来现在这样全新的宁静，我似乎要感谢给我伤害的潘——他让我得以成长。

潘在热烈地表述。我却在想自己的问题。

有那么一刻，感觉"老妈妈"附体。不，那是因为在当下，老妈妈是我的主人格。而不是游移不定的"其他人"。我感觉到了内心深处这个主人格带给我的力量、信心与安全感，甚至有一种自我越发完善的感觉。

这感觉让我面对旧爱,镇定自若。

觉察自己的内在,并唤醒它本身具有的巨大力量,是不是比得到任何其他人的帮助,都更好呢。

我已经不再是那个乞求别人拯救的小女孩——在当时,我的主人格一定是那个孱弱哀苦的小女孩吧。

我曾经向潘乞求过被爱,希望可以依附于他,得到我消失已久的父爱。这就是我当时的主观投射。

我在潘那里看到的不是爱人,而是假想的父亲。

后来在文龙出现后,我又重蹈覆辙,希图他能带给我长期以来缺少的安全感,换句话说,潘走了,我以为文龙能拯救我。

这两段感情,都是我在乞求被爱,都没有主动去爱。

是的,实质上,我渴望的害怕失去的,都是来自他人对我的爱。而我自己,从未想过要认真地爱一个人。

否则,我不会爱上不该爱的潘。也不会和自己并不爱的文龙结婚。

肖恩,你在想什么?潘问我。

我抬头看着他。如果说原先还有那么一些微小的怨恨,这一刻,也全部消失殆尽了。

我终于明白,当下,即使我和他面对面坐着,也和爱无关。

因为此时的我,对待这个旧时的爱人,已经完全没有了去爱的欲望。主观投射的内容,改变了。

抿了一口茶,我说,我们做朋友吧。

潘吃惊地看着我，脸上堆满复杂的表情。你还在怪我么？他问。

我忽然意识到，相比我，这个男人，他主动爱过。他一直在决定自己去爱或不爱。

并且看来，关于这一点，他一直没变。现在仍是这样。

而我，总是将幸福的权利交于他人，丧失了自己的选择权。现在，我要为自己做主了。

不是怪你，我摇着头，只是觉得现在也许做朋友比较合适。

我听见"老妈妈"平静的语气，同时，她牵着那个小女孩的手，将温暖传达给她。

女作家叹了一口气。对，你做得对，做朋友一样会有精神交流，要分清爱情与友情——显然，原本女作家本来就更愿意与潘做朋友。

工匠搓搓手，有些惭愧。抱歉，我应该更自信一些，这样才不会拖累大家。

没关系，老妈妈回答，每个人都有难处。

动物园里，每个动物都在享受草原上灿烂的阳光。

它们围在那头狮子身旁，说好彼此守护，彼此给予力量。而那头狮子，越来越健康，它矗立在山坡上，内心坚定又平静。

原来可以用这种方法了解自己——我对自己越来越"自知"——自知者明。

果然，我的心中一片澄明，清静。

不用太多复杂的理性的自省，就清清楚楚地感知到了自己的好恶,自己性格的各个侧面,以及它们会带给我什么样的力量或什么样的困扰。在什么样的情况下,我需要强调自己性格中的哪一个侧面——唤醒那个子人格就好了。

这一次,我终于不再向别人要被爱,不再把幸福的选择权交予别人。

有时候恋爱是自我完善的过程——金如是说。

这一次,我决定不将主观投射到任何人那里,我要独立地自我完善。

为什么?潘问我。

过去的已经完全过去了。现在我已经可以客观地看待与你的关系。我说。

这只鹤满面惊讶,被我突如其来的话噎在那里。

过去的我只想从你那里获得被爱,总是希望你可以像父亲那样多爱我一点。现在,我长大了。

半个小时后,鹤飞走了。带着许多年前就有的淡漠、孤傲,消失在茫茫人海中。

我知道,我们再也不会见面了。

我独自坐在咖啡馆的玻璃墙边,享受着难得的和暖的冬阳。

我成为一个真正独立的女人

其实,解读心灵世界并不难。金拿出一个金字塔模型,放在我们中间。

今天又是很多人一起上课。

这就好比我们的内心。与这个金字塔接触的,就是每天纷繁变化的现实世界。而我们的意识就好比这个金字塔的塔尖,余下的更广大的更丰富的范围,就是我们的潜意识。

了解自己,做一个"自知"的人,就必须时时觉察潜意识——用原始的象征性语言表达系统,因为它是最快捷准确的办法。

我们的潜意识中,积累了太多带有某种特定象征意义的图像,它们蕴含着语言无法道出的情绪信息。而这些不能言喻的信息,就是扰动我们心灵深处的根本原因。

另外,和不用理性语言的意象对话一样,时时放下思维,参与对内心的觉察,可以更清楚地让我们了解自己。

觉察自己的情绪,觉察自己每一个子人格的状态,觉察心房及其他一切有特定意义的图像。它们就是显示我们生命能量的密码,让我们在一种原始的天然状态中,了解自己,完善自己。

记住,没有什么比了解自己更重要的事情了。金从未有过的语重心长。我说过,这是一生的事情。我带领你们走进了意象与觉察的世界,剩下的生命,你们将自己独立完成。

祝你们好运。

说完,金渐渐收起了微笑,郑重地看着我们,轻轻点头,作为结束。

我们都没说话。

看来,我们的课程就要结束了——我意识到了这一点。

环顾着周围的同学们,我不由得猜想,他们每一个人,在或长或短的学习时间里,一定都经历了各种各样的激荡的心理体验。

具体的细节,我不会知道,但我明白,他们和我一样,在探察、改变、完善、觉察自我的过程中,也品尝了悲伤、辛酸、纠结,直至最后,进入澄明的宁静的心理世界。

我想起金曾说过的话,学习过程中,需要意志力和小小的好运气。

我忽然明白了,人活着的大多数时候,意志力可能比智商、才华等所有的一切都重要。改变自己,一定会有短暂的痛苦。但如果不承受它,就依然是沉湎的、无端耗费的浑浑噩噩的人生。

从什么时候开始,都不算太晚。

从现在开始,我的人生才真正属于我自己。我从许许多多的过去中走了出来,终于成为真正独立的女性——心灵成长需要的力量,我可以自己给予自己。这就是我对于"独立"的定义。

但是想到要结束每周一次的课程,我还是有些恋恋不舍。于是,我忍不住打破平静,把这份不舍表达了出来。

金拍拍我的肩膀,我能理解,离开我,你一定会有小小的不适。但是肖恩,结束学习,不代表我的离开。我会一直都在原地。无论你成长到多远的地方。

我的泪再也止不住,无声地落了下来。

肖恩,你要感谢所有带给你痛苦的人。

是的。生命的意义就在于承受痛苦。痛苦之所以出现,是暗示我们需要再进一步地成长——我们没有理由拒绝成长。

肖恩,勇敢地去面对一切你需要面对的,比如你的母亲。金说。

周围的一切都迅速安静下来。一切都静止了,仿佛世间万物的眼睛都张开了,安静地凝视着我。

我坐直了身子,意识到:是时候了。

从母亲开始，从母亲结束

三年过去了，小镇似乎也变了。道路宽了，车流多了。不变的是那依旧亲切而热闹的乡音。

不大的镇中心，还开辟了一块空地，建了一座小花园。花园中央是一座喷泉，正汩汩地变化着各种水流造型。喷泉周围有几张长凳，一些老人正坐在那里，散漫地聊着天。他们在回忆过去。岁月的河流带走了一些东西，但厚重的结实的一部分生命，沉了下来。这些，以老年人特有的庄严厚重的神态以及他们无言的肢体语言，体现了出来。

母亲独自坐在那里，抬着头，仿佛在听身旁的人群说话，又仿佛什么也听不见。

一切都消失了。没有过去，也没有未来。只有当下。我看见当下的母亲，看见当下的自己，以及我们共同的孤独。"我需要你。"我听见她如是说，听见自己如是说。

我慢慢走过去。

这条小路，从我这里到她那里，似乎又短又长。

又短，又长。

心理小贴士:

自由联想的现实意义

故事到这里,我认真地想了想。

作为心理咨询师的我,日益感到自由联想的重要。

作为个人的我,更十分感谢自由联想带给我的奇妙丰富的感觉世界。

这个世界赋予我的信息,甚至远超于外部世界。

一个人只拥有外部世界无疑是枯燥的。

灵动广袤的内在世界,是我们的生命力与创造力所在。它充斥着美好的灵感、微妙的暗示、不可言说的感觉。而自由联想,使我们得以在这个世界穿梭、游弋。如果有一天,因由某些机缘巧合,你也能运用自由联想,进入感觉世界,每一天深入地体察、检视遇到的各种事件作用在心理上的痕迹以及下意识的情绪反应,久而久之,你会发现,没有人会比你自己更懂你。

因为我们生命的密码,就在那里。这就是自由联想的现实意义。

我想,心理咨询的最终目的,正是让我们的生命愈发清朗、清明。

天高,云阔。

（京）新登字083号

图书在版编目（CIP）数据

肖恩的城堡：心理师诊疗手记/周小影著. —北京：
中国青年出版社，2012.9
ISBN 978-7-5153-1043-5

Ⅰ.①肖⋯　Ⅱ.①周⋯　Ⅲ.①长篇小说–中国–当代
Ⅳ.①I247.5

中国版本图书馆CIP数据核字（2012）第208524号

责任编辑　李　磊
装帧设计　樊　瑶

出版发行　中国青年出版社
社　　址　北京东四十二条21号　邮政编码：100708
网　　址　www. cyp. com. cn
门 市 部　(010)57350370
编 辑 部　(010)57350401
印　　刷　三河市世纪兴源印刷有限公司
经　　销　新华书店
规　　格　880×1230　1/32
印　　张　7.125印张
插　　页　2
字　　数　153千字
版　　次　2012年10月北京第1版
印　　次　2012年10月河北第1次印刷
定　　价　18.00 元

本图书如有印装质量问题，请凭购书发票与质检部联系调换
联系电话：(010)57350337